洗

◉郝譽翔／著

聯合文叢 141

目次

一扇自己的窗子

——讀郝譽翔的《洗》

王德威

女性作家一向是現代台灣小說創作的主力。從五〇年代的林海音、潘人木、郭良蕙到八〇年代的袁瓊瓊、蘇偉貞、朱天文，這一傳統人才輩出，而且後勢強勁。最近幾年崛起文壇的新秀，仍以女性居多，郝譽翔即是其中頗受矚目的一位。

新世代的女作家興趣廣闊，辭鋒敏銳，在在讓讀者刮目相看。不論是成英姝的佻達狡黠（《人類不宜飛行》），賴香吟的婉轉深沉（《散步到他方》），還是朱國珍的鋪張世故（《夜夜要喝長島冰茶的女人》），都能顯現獨特的述寫姿態。而女作家對情慾世界的探索、對性別身分的界定，尤其大有斬獲。洪凌、陳雪、曹麗娟、張瀛太，以及國外的章緣和虹影，只不過其中的佼佼者。這些作者挖掘兩性關係的死角，暴露同性慾望的曲折，有的委婉、有的大膽，無不引人思維。只不過是十來年前吧？《殺夫》、《陪他一段》、《自己的天空》、《油麻菜籽》等作品開啓了女性（主義）論述的先聲。但比起新一輩作者的自覺與自信，這些作品竟已微微透露古董氣息了。

《洗》是郝譽翔第一本結集出版的小說集。儘管所蒐的作品題材多樣，郝顯然在處理與情色有關的主題時，最爲得心應手。情慾的誘惑或威脅無所不在，它不僅構成性與性別主體的存在意義，甚至可以成爲探勘倫理、社會、政治關係的門徑。浮沉其間，郝譽翔筆下的人物總是鬱結躁動，患得患失。她故事的高潮往往結束在人物性活動的反高潮上。以曾獲大獎的〈洗〉爲例，女性的敘事者嫁爲人婦，百無聊賴。她臥房之內毫無魚水之歡可言，進了廚房卻得日日烹殺活魚以饗公婆。惟有在洗浴自己的身體時，她找到暫時解脫；彷彿水聲嘩嘩中，與異性的邂逅，與同性的情愫，都流注於自己對自己身體的撫摸凝視上。而這凝視卻終成了窺伺——有人偷看她，她也偷看偷看她的人。

故事就此急轉直下，結局如何，暫且賣個關子。可強調的是郝譽翔處理情慾的沖激流淌，的確別有所得。魚與水的象徵不言可喻，她卻能推陳出新，連鎖到自戀、戀人與戀物的層次上。同性還是異性、偷窺還是暴露，慾望如流水，總是滲透身體與生活的肌理間。更重要的，小說極力著墨「看」——從注目到旁觀到偷窺到監視——與身體、慾望間的關係，儼然目光所及，那不可言說的性陡然有了意義的視野。「非禮勿視」，但什麼構成可「視」的禮？「視」本身也可成「非禮」麼？

在〈洗〉及其他故事中，郝譽翔銘刻我們看及看待身體的經驗及慾念，而且多半是非禮的。她開了扇文字的窗子，看到種種情慾的異象及臆想。因爲浴室那扇小窗子，〈洗〉的女性敘事者窺見了常態生活中的變態。在〈萎縮的夜〉中，另一女性敘事者透過「窗櫺」與她的姊妹有了靈肉合一的震顫，在〈兩地〉中，「窗外朦朧的景物在陽光下蒸發」，隔離了人我世界，在〈窗外〉，一種詭譎浪漫的懷想每每引誘敘事者看出窗外。在〈春與夏之際〉，敘事者更「坐在高樓窗台的邊緣」，不知飛躍出去還是蜷伏原處。而在〈月光下的貓〉中，敘事者「打開窗户，正面對著一框濃稠的黑夜，夜風轟地停住流動，靜止成畫布上厚重的油彩。」

窗外的世界，或漆黑如永夜、或陌生如異鄉，卻讓郝譽翔的人物們有了憧憬的對象，從而成爲重新看待身體的契機。這該是她創作衝動的所在吧？除了〈洗〉之外，小說集中的〈萎縮的夜〉及〈我的雪女〉也都值得一提，前者的女性敘事者面對衰老扭曲的父親身體，回想家庭關係的齟齬，及歷史（二二八）因素的偶然介入。女性的「戀母」情結及姊妹情誼由情慾越界（亂倫、女同性戀、自慰）的行動來表達，尤其凸顯男權虛張的聲、勢後，猖獗的陰性的慾力，一觸即發。〈我的雪女〉套用了雪女神話，轉述一則性與政治春夢了無痕的道德教訓，情節涉及媒體宰制、傳播性醜聞的部分，無疑帶有批判色彩。到底是情慾藉文字播散，還是文字本身就是一種慾望出路（或短路？」，則是絃外之音。

郝譽翔亟於擴充她的情欲敘述，與政治、歷史掛鉤的努力，在這些作品中歷歷可見。但是過猶不及，她也必曾苦於如何連結公私領域的種種話題，相對於此，另外的一批作品或專注於生命中的偶然，或想像時空中的裂變，運筆似乎更自在一些。〈布娃娃之夢〉靈感得自風靡一時的釣娃娃遊戲，卻發展成一同性死亡戀曲；離現實不遠，卻又顯得詭異迷離，應是郝可琢磨的方向。〈兩地〉寫異鄉之旅及感情的異化，算是不過不失。〈不老〉、〈年輕的時候〉顯現郝對時間、青春的省思：所謂感情的契合、慾望的牽引，總是在種種時間的網路上被摧擊得灰飛煙滅。科幻作品〈二三〇〇，洪荒〉，則把這些想法推向極致。公元二三〇〇，歷史終於潰散，宇宙重現洪荒。文明荒蕪的時分，同性的姊妹神話肇始了一種新的情慾天地。

心儀女性主義及性別主義的讀者，可以在郝譽翔的小說中找到太多唱和之處。也正如許多有志一同的年輕作者，郝藉著擬仿、實驗約定俗成的文類，強調自己與眾不同的性別、政治立場。大抵而言，她適於發揮誼屬女性的怪誕想像（female grotesque）；藉一切倫理、政治、時空、性／別關係錯位後的可能，拼湊出我們不願正視的生命變體與異形，我們都還記得，半世紀前的張愛玲其實已經擅長此道。張的出發點是傳統居之不疑的寫實主義。像郝譽翔一輩的作者則是科幻後設、寫實言情，多角經營。《洗》中多變的形式，讓我們一開眼界。但在風格的搖曳變幻中，我也感覺郝譽翔仍在孜孜找尋一種屬於自己的基調，一種可以持續經營的風格。或許對眼前人情世故更多的觀察與描寫，不妨作爲她未來創作的起點？

回到前面所說的窗子意象。吳爾芙（Woolf）曾以《一間自己的屋子》（*A Room of One's Own*）說明了女性創作與空間（想像）的重要。台灣小說三十年的發展，讓不少女作家已創造了她們自己的屋子。郝譽翔和她同輩的作者在九〇年代寫作，不僅要有自己的屋子，更要爲屋子開出扇扇窗子。「窗外」的景象有的艷異眩目，有的幽玄迷亂；「窗外」可能是花園，可能是深淵；盤桓在她的窗子旁邊，郝譽翔寫著看著。《洗》是她呈現的第一片文學風景，她的未來，讓我們拭目以待。

（自序）關於記憶與慾望的幾種洗法

郝譽翔

我喜歡洗，譬如說，我自己。

四年前，我把自己關在冬天的宿舍內，埋首論文。有時從桌前抬起僵硬的頸，面對牆上一朵朵隆起如灰黑花瓣的濕霉，我感覺自己是被浸泡在四壁的冷空氣之中，彷彿一具青紫的浮腫的屍。那時，唯一可以使我站起身來離開座位的去處，就是浴室。

我常常在恍惚出神的狀態下走入浴室。褪去衣服，扭開蓮蓬頭，先用手掌試驗水的溫度，調好之後，再將水扭到極大，移到胸前，讓水柱在身上擊打出一圈圈柔軟的凹陷。那水起先是極燙的，但是等到赤裸的身軀賁張出慾望的紅之後，我倏地把水轉成極冷，巨大的溫差使我的血脈緊縮起來，五臟六腑似乎被一股蠻力揪住，幾欲將肌膚黏膜衝破。就在這個時候，我總習慣性地轉過頭去，透過滿室迷濛水氣，看見玻璃鏡中的我比任何時候都還要來得眞實美麗。而這竟然就是我嗎？

在水柱的沖刷下，現實生活中那個沉睡寡言的我突然清醒過來，過去的許許多多的風景遂陸續飛回到眼前。我看到更多年前研究所放榜的那天晚上，我騎著腳踏車在椰林大道上來回奔馳，夏夜的風帶著沉重的溼熱，拖住我的衣角，彷彿我一鬆手，就會被拖入無盡的黑暗。我看見校門口懸掛出一排熒黃燈泡，燈下的榜單打著工整的名字，我看見H站在我的身旁仰頭尋找，那是我第一次知道她的名字，但是那時的我並不知道日後我們將共同住在一個寢室中，床鋪連著床鋪，而牆上貼著一雙莫迪格里安尼畫中女子的空洞眼睛。

於是那樣的眼睛一直在注視著我。當我面對一壁無聊的書冊，我的背後其實布滿空洞的眼瞳，它們默默的什麼也不說。它們常讓我看見了漆黑無人的戲院，深深的黝暗的長巷，公館水源市場對面捷運工地轟隆的吼聲，瞪著兩隻如炬圓眼的車獸，搖蕩的天橋，串連起兩岸如蟻的人生。我常看見克勞德賴盧許的男歡女愛，那是我們第一次共同分享的電影，在太陽系。我也常看見子夜二場的電影院，中興百貨的櫥窗都睡了，但是櫥窗內的模特兒還維持白天的姿勢，靜靜注視著窗外午夜喧譁的地攤，法國當季流行服飾，烤香腸，滷味，馬爾濟思、可卡犬當街販賣，而男男女女在忙著進行愛情的交易，童叟無欺。

可是這些事物果真存在否？被四壁冷空氣包裹住的我常常感到疑惑。幸而他們都凝結在我所寫下的文字裡，就像是一本密碼書，每當我打開蓮蓬頭清洗自己的時候，我身上覆蓋著的鱗片就會被一一刮下來，剝露出裡面跳動的血肉。他們是羅蘭巴特所說的戀人們的絮語。

在水柱下我把這些東西溫習再溫習，範圍不會超過公館這個方圓，因為我這十年來的生命都埋葬在這塊土地上面。講台上的教授口沫橫飛地回憶這裡曾經是一條瑠公圳，兩岸垂楊，綁著頭巾的女孩圓裙婆娑，走在比人還高的杜鵑花叢裡。但是九〇年代的公館擠滿破爛歪斜的招牌，總是淹水的地下道，裡面悶熱的氣味活像是一座納粹的集中營，所以我要如何書寫屬於我的年代呢？被四壁牆包圍住的我幾乎是不假思索就付諸筆端，沒有理論，沒有計畫，因為除了論文的寫作之外，我的發聲就如同現實中我的生命一樣，亂無章法可言，唯一可以辨識的是那股渴望出走的蠢蠢不安。

而現在我已學會越來越多清洗自己的方法。在三溫暖裡，我曾遇到一位陌生的中年婦人對我訴說她那薄倖的丈夫，但她卻還一邊微笑著，一邊拿起按摩油，鍾愛地拍打胸前低垂的雙乳。她對三溫暖著迷的程度讓我想起那非洗手不可的馬克白夫人。所以為了怕洩漏太多的心事，我還是寧可選擇獨自清洗，在浴缸內放入三瓶蓋的薰衣草沐浴油，兩湯匙的沐浴鹽或溫泉精，然後丟一顆軟糖似的玫瑰沐浴球在水中，我好像一個大廚在考慮應該如何烹調自己，才能把最甜美的感覺熬出來，就如同此刻的我絞盡腦汁，在選擇一個最恰當的字眼來敘述一樣。

這些文字便成了多年來我學習如何清洗自己的成果，它們是一缸還沒有失去熱度的水，烹煮過我五官四肢所流出的味道，混合洗髮精沐浴乳滾成滿室的蒸汽，尚未及散去。如果細心的話，或許還可以發現排水孔上黏著一撮髮，它可以是性感的，像張愛玲筆下嬌蕊那溼漉漉的髮絲，握在振保的手中彷彿通了電流；它卻也可以被立刻丟到垃圾桶裡，和昨夜的烏龍茶包午餐的泡麵碗混在一起，一如平常所遭受到的命運。

但不論如何，這時的我已經走出浴室了，正準備換上新裝，赴一場首輪電影的約會。當經過浴室門口時，探頭看看自己留在水中蒸汽中排水孔上的殘骸，噫，不免感到齒冷，唯一可以回答的就是：那不是我，真的不是。

洗

A1

我的第一次給了高中時代的一位詩人。

在一個燠熱九月的星期五傍晚，我和詩人在校門口相遇，那是我們第二次比肩站在一起。第一次是在作文比賽頒獎的朝會上，詩人用單手接過校長手中的獎狀，連腰也不彎一下，我垂頭只見到他一隻蒼白的手掛在褲管口袋，淡青色的血管凸出來。當我們第二次站在一起的時候，他就邀我一同上陽明山去。我們擠在公車黑壓壓的人群之中，草綠書包內的便當發出悶臭，湯匙在盒中鏗鏘搖蕩，四周的人都陷入缺氧的昏睡狀態，而詩人呼出了一口憂鬱的長長嘆息，一股溫熱從我的頭頂降臨在耳朵上面，全車的人惟獨我是因爲不斷發顫而極度清醒的。

你必定不能理解留西瓜皮頭髮的我陷入何種瘋狂情緒，其實他不過是在校刊上寫寫詩的學長罷了，然而那個年紀教科書上沾污了一圈一圈經年累月的油漬，似乎嘴巴掛著紀德卡繆卡夫卡，就可以讓人高舉雙手，把青春的生命都頃刻奉獻出去也絲毫不覺得可惜。於是當我們登上山巔的時候，暮色已然四落，我們坐在草地上，直到眼前變成一片漆黑，也沒有半點恐懼，碩大的螞蟻爬進我的軍訓裙裡，詩人遂俯身壓了過來。

當他進入我的體內時黑夜墜下一縷縷的細雨，我仰頭，望見遙遙不可攀的天空，雨開始越落越大，沿著我高舉的腳踝直流到我的腹部，宇宙覆蓋我上仰的身軀如同一床溫暖的被褥，而此刻我們正位在天與地交合的一點，奮力運轉不息。

過了一年半以後，詩人剛考完大學聯考，頭髮已經蓋過耳朵，準備在未來四年留到及腰的長度，他一手撈起額前的髮，一手摸著下巴，皺著眉深思許久說要離開我，理由是「妳很美，但是妳沒有想像力」。

B1

現在我過的是一種最不需要想像力的生活。自從大學畢業後義無反顧地嫁給丈夫，一個可以送到第四台購物頻道大力推銷的零缺點老實正直的大好人，我已經預先見到未來安穩的生活，清楚地平鋪在面前，早上起床作早點，送丈夫出門上班，然後去市場買菜，中午煮飯給公婆吃，下午洗衣，整理家務，晚上繼續煮飯給全家吃，洗碗，看連續劇，接著熄燈上床，盡一個作妻子的義務，若是出現保險套破洞之類的意外還得準備傳宗接代，生活變成日復一日重複舉行的儀式，準時執行，細節不得有誤，否則一家的生活規律都要因此而停擺。和我那些踩著高跟鞋在敦化北路辦公大廈殺進殺出的死黨們相比，我似乎只喜歡待在這四面牆內，被灰撲撲古舊的米黃印花壁紙所包圍，然後對著窗外移動的雲朵發呆，成爲一個該被女性主義者丟到火爐中燒成灰燼的無知婦女。

我懶惰到一頭鑽進婚姻的磚塔中就算了事，只要保證磚塔不會被震垮或是風化。年過三十，大學的室友A還找不著塔，天天坐在床頭誦佛以慰寂寥，順便祈求上蒼保佑快些覓得如意郎君，所以我必須感謝丈夫及時出現，讓我免去四處求神問卜的焦慮，而能夠無所事事地待在四面牆內觀看世界，厭倦時只消拿著遙控器按下按鈕，眼前紛亂的影像就會消滅。於是同住在屋簷下的我漸漸變得像公公婆婆一樣，不愛開口說話，我們三個人坐在四面牆內一整天，可以做到彼此走路不會擦撞，視線不會相交，甚至交談不用言語的默契。

因而生活唯一的樂趣就是玩觀察四周的遊戲。我的眼睛是一架走動的攝影機，腦袋藏著沒有盡頭的膠捲，隨時吱吱地轉著。晚上看連續劇時我浮升起來坐在客廳天花板的水晶燈上，俯瞰底下包括我在內的一家四口，髮色有黑有白有禿的四顆頭顱，各自盤踞一張沙發相互對峙，有志一同地瞪著電視機齜牙咧嘴，而我的腦袋在不斷嘖嘖吞嚥著黑色膠捲。窗外鄰居陽台飛過來一件綴著蕾絲邊的內衣，勾在生繡的鐵欄杆上散發出寂寞的艷麗，不知哪戶人家的音響在播放廣東勁歌，推著臭豆腐攤的外省老兵，臉上有戰爭的肅殺，孤單一人夾雜在馬路上的摩托車陣中緩緩向前走著。

A2

詩人越過馬路上的摩托車陣，來到我的面前。行人倉卒而粗魯地踩著紅磚道，輪番磨過我的肩膀，詩人繡著金色學號的藍布夾克占據我視線的一角，然而卻像冰冷的針一樣刺痛我乾燥的雙眼，我開口問：「什麼才是想像力？」

詩人歪著頭痛苦地想了一會，表情好像是在寫詩，等到街口的紅綠燈變換了三次之久後，他才說：「想像力，呃，就是，就是能夠看到在吃飯睡覺穿衣這些平常生活之外的抽象事物吧。」我轉頭看到他的嘴還在繼續一張一閉地運動著，時時露出下排泛黃的牙齒，我忽然想起他清晨醒來，與我接吻時口腔所湧起的一股體內燥熱氣味，流入我的嘴巴，彷彿他的舌頭還在我的齒間蠢蠢翻攪。

沙特說大胸脯的女人只有小腦袋。我痛苦地走在紅磚道上，看到了被警察追著跑的攤販，看到了一條生了皮膚病又瘸了隻腿的灰狗，看到摩托車撞倒一位闖紅燈的歐巴桑，這都不算是平常的事物吧？可是詩人所謂的想像力不是這些，那是無形無聲無味無臭的，全憑感覺。我難過得想嘔吐，蹲在路旁，空氣中飄送著各色氣味，食物煎烤汽車黑煙動物的鼻息，世界總是以一種沒有理性的方式混生著，像一首失去和諧的現代樂章，把人的神經撐裂。

其實詩人眞的說對了一件事，我確實沒有想像力，一直等到一年多以後我才體會到這個事實。那是剛領到大學聯考成績單的下午，高中死黨B告訴我，當我和詩人分手的那天晚上，詩人悄悄地潛進她家，和她躲在床上的棉被中，全身赤裸，半夜她的母親進房來蓋棉被時，詩人就縮在她的懷中如同蜷曲的胎兒，一邊還仰頭吸吮著她的胸部。

「在那一刻我眞的覺得幸福得快要騰空飛起。」B說，她薄薄的淡玫瑰色嘴唇發著抖，因爲詩人的親吻而發著抖。但是缺乏想像力的我卻從來不能設想這種畫面。B坐在我那繪著一朵艷黃向日葵的床單之上，我們對著手中剛出爐的成績單，B失常得厲害，頂多只能吊上私立大學的車尾，她流著淚說是因爲詩人的緣故。於是我默默把滿臉淚痕的B牽進浴室，我們互相卸下了對方的衣服，在溫暖水柱的沖刷下緊緊擁抱，「詩人現在可能在另外一個女孩子的床上吧。」我們幾乎同時說。

我低下頭親吻B瘦弱的胸部，我的唇貼在她的肋骨上，感覺到她心跳的力量，噗通噗通，如擲石入一口深井，於是我在她胸脯上留下一個發紫瘀黑的吻痕，似乎把她的血液都吸入到我的口中，唾液裡流動著濃重的血腥的慾望的氣味。「好了，現在妳有我了。」蓋下這個印記，從此我們決定相濡以沫，維繫著彼此的生命。

而這是一個有金色陽光的下午，嘩啦啦的水是唯一的聲音。當鏡子布滿水氣的時候，我抬頭，卻什麼也見不著，但我的指下有B活潑潑顫動的軀體，耳邊聽到鄰居抽油煙機的聲音乍然轟地響起。

B 2

我關掉轟隆吼叫的抽油煙機，放下手中的鍋鏟，走出廚房，時鐘正指著五點整。婆婆裹著兩層暗紅色的棉襖，深陷在客廳的沙發中打著盹，忽然警醒過來，探出頭嚴厲地瞪視著，然而我好像著了魔般，逕自踏入浴室，闔上木板門，卸下衣服，從上衣、長褲、胸罩、內褲，鄭重其事地像是在進行一場膜拜祭禮。

我一手撐在浮出黃褐黴斑的洗手台上，另一隻手沿著腿褪去緊綳的內褲，從巨大的鏡中斜視如此誘人的姿勢，感到有點眼熟，想起原來是常常在一些酒店的宣傳單上見到的，我遂對自己嫵媚地微笑了一下，抬抬下巴，撩撩半年沒燙的髮，焦黃的髮梢摧枯拉朽地橫生開來，早已走了型，只怕用力一梳就要灰飛煙滅。

我習慣性地撫摸頸上的皺紋，捏捏頸右側一粒小小的贅疣，一股刺痛傳入心肺，到底自己還是活著的，我從微笑的臉孔下揪出一個自虐的魔鬼。接下來我伸出兩掌，托了托兩邊無精打彩呈現下垂趨勢的胸脯，在那一刻，我忽然想像有一張溫暖的嘴正在上面貪婪地吮著，來回搓膩，咻咻噴著熱氣，像用千萬枝針扎在飽漲的氣球上面，微微痲癢的快樂由血液中穿破肌膚，然後自毛細孔滋滋地僨張溢出，肌膚逐漸滾燙起來，我拿起蓮蓬頭，扭開水，潔白的水柱唰地一時打向身體，沖成一片水壁。水沿著黑褐色的乳頭分成兩股流下，就像深山裡兩條蠢蠢扭動的小瀑布，不安地嘩嘩竄奔，然後繼續沖向藏著一層肥厚肉脂的小腹丘，匯流，然後再滑入腹部底下那隱秘的叢林深處。我閉上了眼，兩手輪流上下撫摸自己的軀體，讓水流溫暖地包裹住每一寸肌膚，像是在作愛高潮過後般深深地緩慢地吐著氣。

A 3

我和B在浴室冒起的白茫茫霧氣中相互摸索對方的軀體，像是小時候在玩捉迷藏一樣，蒙著眼，覺得整個世界都消褪了，只有自己格外巨大起來，我想到安哲羅浦洛斯的電影老是出現一片凝厚的白霧，而人們在霧中緩緩行走，沒有目的，快要窒息。

洗完澡後躺在床上，B在我的臂彎中因爲疲倦而睡著，她的肌膚散發出我慣用的肥皀的香味，而我眼前卻出現電影中滿臉鬍鬚的尤里西斯，他用低沉沙啞的嗓音說當我從遠方回來的時候，和妳並肩躺在黑夜裡溫暖的床上，我就會對妳訴說起那一段又一段遙遠的古老故事。但我總想著是不會有那麼一天了，到那時我會帶著我的故事在墳墓中靜靜地躺著，腦中的膠捲將不斷放映出陳舊的畫面，黑暗的墓地裡燈光閃爍起滅。

我起身打開窗戶，讓夏夜悶熱的風溫吞徘徊進入臥房，蚊子在我腳邊騷擾，我打開電視，九點半連續劇尖叫聒噪的聲音陪伴著我，然後我從衣櫥中抽出一綑白色毛線，開始席地而坐打一條圍巾，鉤針在毛線中穿梭、摩擦，速度越來越快。

半小時之後，電視劇中女主角發現未婚夫的父親竟然是母親年輕時的戀人，一夥人氣急敗壞地追查血緣關係，B才被電視聲吵起，揉揉眼睛，坐在床上看著我打毛線，看了半晌，她吐出一句：「我餓了。」於是她溜下床來，和我坐在地上分食一條巷口便利商店買來的蘇打餅乾。

B3

我們總是坐在一起分食，不過現在的我是食物的製造者，從採買、洗淨、烹煮，由生變熟，不可食變可食，我用我生命的精力供養著屋簷底下的人。從早上公公婆婆起來坐在餐桌旁邊，哇哇敲著碗，中午，到晚上再加上丈夫，老是哇哇敲著碗的兩個老人，除了吃飯之外就是陷在沙發中沉沉昏睡，醒了之後再坐到餐桌前。

魚是餐桌上不可缺少的一項食物，每天我從市場提一條魚回來，公公馬上抬起頭，涎著臉像嘴饞的貓般跟在我的身後，走進廚房，迫不及待地倒出尚還活生生的魚來。魚奮力拍打著尾巴，公公粗黑長繭的指倏地緊掐住那一尾光亮的魚身，另一隻手反覆在魚的身軀上按捏著，一邊還叨叨地自言自語，紅燒或是清蒸或是，哎，公公口中發出吸歎的怪聲，這魚一兩多少錢，記得用薑片抹一抹去腥吧。

剛剛放下鍋去油煎的那尾魚，買回來的時候還活蹦亂跳的，我硬是舉起菜刀把它擊昏過去，然後沿著肚緣俐落地劃開一長刀，挖出一團不知是腸還是胃的紅黑內臟。記得第一次殺魚時，我噁心得在飯桌上看到魚都不禁掩面棄箸，盤中偌大一雙死白的魚眼在做無聲的控訴。但是沒辦法，公公特別指定要吃這攤的魚，理由是比較新鮮，不過更重要的是非常便宜。因爲生意特佳，魚販不肯幫忙殺魚，要顧客提著活生生的魚回家，好作爲新鮮的證據。餐桌上公公婆婆唏哩呼嚕啃著魚身，我注視從他們嘴裡不斷吐出來的魚刺，嘖嘖，連骨刺上的肉都能夠吮得一乾二淨。我嫁過來已經將近五年了，五年下來殺了一千條以上活生生的魚，就只爲了塡塞住兩張在嚼動的嘴，一千條以上的魚在我的面前嘩嘩拍打魚尾以示抗議。

我曾經嘗試偷換買別攤的魚，但是公公異於常人的靈敏嗅覺，馬上辨別出來，他也不說什麼，多年來的婚姻生活把他訓練成一個日漸寡言的順從老人，他只是放下筷子，然後起身，沉默地披上襯衫出門。我追到陽台上去，看到公公從騎樓下推出那輛幾十年歷史的腳踏車，吃力地抬腿跨上車座，踩動嘎吱作響的鐵輪，向菜市場的方向一晃一蕩地搖去。過沒多久，他手中提著一條鮮魚回來，那魚在紅色的塑膠袋中奮力地來回擺著尾，發出拍拍鼓譟的聲響，袋中布滿了魚掙扎時所吐出的白色泡沫。我接過魚，把牠從塑膠袋中釋放出來，那魚驚惶地躺在水糟中注視著天花板，無辜的澄澈的晶瑩圓眼，我拿起菜刀，大力擊下去。

刮過魚鱗，魚已經順從地斷氣了。我的手指撫摸過魚光溜溜的身軀，忽然有一種微妙的熟悉感覺自指端傳來。

A4

我的手指撫摸著B光溜溜的身軀，她說我不能想像妳和詩人在一起的樣子，我說我也是，然後我們相視而笑。B開始說起第一次讓詩人觀看她的裸體，怎樣也忘不了的緊張，好像靈魂都被擠壓得脫離了身體，就只剩下滾燙的血液還在神經的末梢瘋狂竄流。

我說冬天的晚上，我和詩人放學後穿著制服，緊擁著從後門潛入學校，躲到廁所之中，淡薄而青冷的月光透過白瓷磚牆上的氣窗投射進來，我們快速地卸下身上所有的衣物，也不怕冷，恨不得能夠彼此溶化交流。但是如今我和B都記不得詩人的長相了，他的聲音、他的嗜好、他身上特殊的生物氣味，甚至他寫的詩，我們都想不起來。我只記得每當我們從廁所中出來，習慣性地一側頭，見到空無一人的教室長廊，一直延伸到無盡的黑夜中去，陰冷而寂靜的空氣，耗盡精力之後沒有來由的空虛掩面罩來，我和詩人在一起的一年多記憶好像破了一個深黑的巨大窟隆。

B舉起手，捧著我的臉說，那你就好好地看看我吧，不要把我也忘了。我說不會，當我撫摸著我自己的時候，我就能清晰地想起妳的每一部分，我在窺視自己，也在窺視著妳。於是我們緊緊擁抱，彷彿B已進入我體內的最深處，子宮底部不斷急促顫抖，溫暖的搔癢讓我有想哭的衝動。

B4

我總想著天底下大約沒有人會比我更酷愛窺視自己了，只要在有鏡子的地方，馬上就能牢牢吸引住我的視線，尤其在洗澡的時刻，我可以從頭至尾從容仔細地審視自己。然而現在我站在浴室，面對鏡子，我知道除了我之外，還多了一雙專注的眼睛。

這一個月來，我每天五點準時進入浴室，站在洗手台前，全身抹上乳白的肥皀泡，隨後抬起頭，往正前方那一小扇氣窗望去，就會如我預期地見到一個人影。我屏住氣，縮緊小腹，雙手掩在胸前，這一個月來天天都是相同的人影，遠遠望似蒼白的臉，穿著深藍色高中生夾克，短短的青髮，鼻梁上的眼鏡反照著微弱天光，他居高臨下一動也不動地正注視著這裡。錯不了，絕對錯不了，窗外這蓄意的偷窺者，一個月來不曾間斷過。我的手指繼續在身上滑動著，漸漸緩慢，然後正對著他，敞開自己的胸，赤裸裸地。

晚上上床熄燈後丈夫愈見肥胖的身軀向我移動過來，好像一隻巨大的鯨魚，不安分的手探進我的睡衣裡，在乳間和大腿之間游走，「五分鐘就好，拜託。」丈夫小聲地在耳邊咕嚕著。我閉上眼，丈夫嗡嗡地懇求，一個沒有來由的小小的抗拒聲音在我的體內浮起，「明天吧。我累了。」「妳累什麼？光待在家裡，會有什麼事？我整天在外面東奔西走的。」丈夫握著我乳房的手忽然充滿了力量。體內抗拒的聲音越來越擴大，但我嘆了口氣，閉著眼，把內褲卸下，丈夫沒花幾秒就迅速爬上了我的身體，蠕動著中年男人肥軟的腰。

我平躺著忽然想到高中時代書包上各式各樣徽章，冰涼堅硬的，刻著字，我和B走在紅磚道上，輪流舔一支香草冰淇淋，到嘴中化成一股濃郁奶香，白色的皮鞋踢著紅磚道上褐黃的落葉，胡亂說話，對往後的日子有各種夢想的權利。我又想到水塔上那個天天準時偷窺的高中生，深藍色的夾克，擠在公車中的高中男孩貼著我的臉，制服底下躍出強烈的油膩氣味，在我的眼前招搖晃動，我彷彿又看見偷窺者那雙專注的眼。

在上方的丈夫停止動作，呼地哈出一口大氣，我偏過臉去，丈夫翻身落在一旁，攤著腿，一手貼在肚子上。我摸索腳邊的內褲，起身套上，又縮回到棉被之中，背對著丈夫，不知道該不該慶幸丈夫竟然對我還沒有失去興趣？不過誰能確定他在外面沒有別的女人？

我忽然想起已經很久沒有正視過丈夫的臉，他就在我身邊，可是我懶得轉過頭去。其實除了自己之外，我確實懷疑眼睛所能見到的一切事物。

A5

「我是從來沒有懷疑過妳的，因爲我知道妳。」當我送B出國的那一天，我追著她到海關說，並且以爲她也被我感動了。她紅著眼睛，把我買給她的蘇打餅乾放在肩上的背包裡，角落擠著我鉤的白色圍巾。而我沒有流淚，因爲這是一件好事，再一兩年我也要出國看一看的。這個世界的事物除非你親眼見過，否則怎麼樣也想像不到，我想B是代替我的一雙眼睛，預先翱翔到陌生的國度中去捕捉奇妙的光影。

然而我的想像力並沒有長上一對翅膀，可以橫過海洋，飛到紐約，於是不到一年，在一個雨雪的冬夜，B竟然出乎我意外地死了，選擇劃破動脈的勇敢方式。爲什麼呢？我問自己幾千遍。她似乎總是那麼頑固的一個女子，頑固到不肯放棄生命。我一邊收拾她寄來的信件，記起過去她在夜中一面駕著車，一面和我敘述她熱愛的電影，眼睛發著光，說得忘記轉彎，迷了路，伏在駕駛盤上開心地笑，「眞蠢。」她說，削瘦的肩胛骨在薄棉衫底下一聳一聳的。

她的家人飛到紐約，帶回一箱衣物，我坐在她的靈前圍起那條逐漸泛黃的白色圍巾，展讀她的日記，發覺我根本不認識這個人，她對我的愛，對我的恨，對我的猜忌，以及對其他人的，無數的陌生名字出現。那種感覺彷彿是發現自己的四肢竟然背叛了自己，不說一聲就甘願悄悄斷離而去，或是發現那根本不是自己的四肢。從來也不屬於我，然而我卻以爲我知道。

B在深夜對著她米黃色的日記本說，我害怕這個世界的種種，我痛恨因爲逃避不義欺騙而必須忍受的孤獨。而我徹夜關在浴室中讓滾熱的水一直沖灌下來，直到我的肌膚紅腫發疼，我渴望在這個隱密的時刻有一雙眼睛來注視著我，了解我。太多太多的語言塞在我的腦子裡，我把詩人美麗的語言燒去，把書架的書拿下來一本本撕毀，我不要任何語言來干擾眼睛的注視。

了解本來就是不可能的。B笑盈盈地說，妄想罷了，每個人對於訊號的接收與發射能力都不同，所以妳見到聽到的不見得就是我見到聽到的模樣，妳所使用語言的指涉也非我所使用語言的範疇，所以我們都在一廂情願的信仰著我們的自以為是。

然後她遞了一片蘇打餅乾給我，我們分食，天眞地以為如此就可以一起分享同一個生命。

B5

大學時代的室友A坐在床頭喃喃念佛的聲音，打破寢室的沉默。「無罣礙故，無有恐怖，遠離顚倒夢想，究竟涅槃。」A喃喃說，然後起身梳妝，準備另一次相親。A總是堅信，結婚是人生必經的過程，即使可以預知到某些挫敗，但千瘡百孔本來就是人生眞實的面目，她篤定的神情彷彿是在宣道。而我只是躺在床上，看著她閉目誦佛，結果卻是我因為疲倦的緣故，以閃電的速度完成了終生大事，而A如今尙且單身，並且不斷持續相親當中。

但有個信仰總是好的，A很有自信地說。她手上掛著一串晶瑩琥珀色的佛珠，皮夾中擺上她新近拜的那位師父的沙龍照片，師父穿著袈裟，微笑的唇上塗著一抹胭脂。她說她已經不會恐懼，因為有師父的庇佑。

如果事情可以這麼簡單多好，然而我卻總是難以相信，連話語都懶得開口詢問，我和公公婆婆沉默地坐在家中，注視著電視機，這是唯一還願意喋喋不休的東西了，沒有電視，家中就恍若一座無人的死城。公公戴著老花眼鏡，嘴角依然牽著一絲勉強的抱歉的微笑，像是再老實不過的人了，但我依稀知道他年輕時曾在外面染了一身病回來，還帶累了婆婆，被她視爲畢生奇恥大辱。所以從嫁過來的第一天開始，婆婆就警告我不可以穿裙子，夏天不可以袒胸露背，尤其不可以和公公獨處一室，甚至公公有專用的茶杯、餐具、廁所，久而久之，那些東西都像沾染了病毒一樣，連和公公說話時呼吸都要特別小心。他們兩人平日各自分別坐在固定的椅子上打盹，看電視，吃飯。只有在捏住魚身的那一剎那，公公的昔日才又暴露出來，眼睛放射出光采。

我問丈夫關於公婆的事，但丈夫只對著電視上的ＮＢＡ球賽，連頭也不轉一下，我一連追問三次，他才說：「妳別老信我媽媽，她有嚴重的神經質和幻想狂。」緊接著他突然歡呼起來，指著電視，說喬丹飛身起來背轉灌籃，簡直不是人所能完成的動作。我瞪視螢光幕上相同長相的黑人跑來跑去，眼花撩亂，時代變遷的腳步確實已經超越我所能理解的範疇，所以我不再說話，只是用眼睛記錄一樁又一樁快速上演的荒謬事件，直到我躺在冰冷泥土中的那一天，無所事事，就可以拿出來輪番咀嚼考證。

其實這種感覺很好，丈夫和公婆無論如何也不會知道，每天下午五點我準時在浴室進行一場無言的秘密約會。現在那個高中生還站在水塔的頂端窺視著，隨著時日的推移，我似乎可以嗅到他身上的味道，越來越強烈，想像他額頭因為火熱的青春而冒出一排紅腫的痘子，蓮蓬頭衝出的水從我的胸部傾流開來，就如同是塔頂的那個高中生正一躍而下，用結實的雙臂抱住我一般，藍色夾克散發的油膩溫暖地裹住我肌膚上的每個毛細孔，滲入到血液之中。

這樣的秘密進行的幻想在我神經中澱積下來，愈強愈廣，就像在胸口烙了一塊印記，隨著時日而加深色澤，於是對丈夫爬上我身軀的舉止越來越感到難以忍耐。終於在某一日晚上，丈夫一如往常掀掉棉被，臃腫的手掌探過來拉開我胸前的睡衣，一股被侵犯的強烈反感忽然從我體內爆湧上來，我大力將他一把推開，而他錯愕地望著我，沒兩秒，當他又再度俯身過來時，我緊拉住衣服僵持在床的角落，蜷縮成圓球狀，一種躲在子宮內的姿勢。

「發什麼神經？」他吼起來，一把硬將我拽了過去，虎地撐開我的雙腳。一頭野獸。我哀哀想念起那個高中生專注的眼神，閉上眼，無數隻沉默的溫柔的眼睛在傾聽。我忍不住開始哭泣，因為覺得自己背叛了水塔頂上的高中生。

第二天下午五點，我準時進入浴室，扭開水龍頭，但卻沒有將衣服脫下。當我見到那高中生又如往常一般準時出現時，我立刻衝出家門，向對面那棟公寓大樓跑去，公公婆婆奇怪地抬頭看了一眼，又繼續低下頭去打盹。我的拖鞋劈哩啪啦打著樓梯間的磨石地面，怦怦的心跳聲音在狹小的空間之中格外迫人，連思考的時間都沒有，我一口氣衝到五樓樓頂，使勁拉開厚重的鐵門，巨大的呻吟聲鋸開了空氣，一霎時，逼近黃昏的天色瀰漫在我的眼前，我深吸一口氣，帶著殉道者的心情，向水塔走去。然後見到了他。

我一愣，竟然是丈夫。他蒼白著臉，鼻梁上的眼鏡反映著微弱的天光，一身藍色的休閒夾克。

「你怎麼在這兒？」我問。

「呃，樓下的人拜託我上來看看水塔。」丈夫吞吐地說。

「我記得你不是這麼早下班的。」

「我本來就是五點到家的。」他反駁，「只是那個時候妳都還在洗澡，一洗就洗很久。所以這兩個月以來，我才決定晚一點下班的。」

我看著丈夫，發現他的頭髮不知什麼時候剪短了，泛著青黑的顏色（我一直以為是一個高中生。我從來都不知道丈夫有一件酷似高中夾克的藍色休閒外套）。我們沉默下來，而他躊躇半晌，自行下樓去了。頂樓就只剩下我一個人，天開始急速黯淡下來，我仰頭，想到與詩人在陽明山的那一夜，滿天的雨點朝我墜落下來，然而現在的天空卻只有塵土，飛揚的沙石刮著我的臉。我走到低矮的圍牆旁邊，忽然想起許久以前，丈夫說過他國中的時候曾經偷窺過鄰居的太太洗澡，每天不斷持續了好長一段時間。「那女人的乳頭又黑又大，所以我一直以爲女人都是這樣的。」丈夫並且如此感慨過。（啓蒙的經驗啊，我對女人的一切經驗都是經由偷窺而來。）

我低下頭，看見對面公寓裡我的浴室還亮著燈，蓮蓬頭的水尙且嘩啦啦地流著，但是地上卻躺著一尾巨大的魚，牠擱淺在瓷磚上面，奮力拍打著尾巴，鮮紅的鰓大開，薄薄的鱗片掉落了一地。而水正嘩啦啦地打在牠光滑的身軀上面。

（本篇曾獲聯合文學小說新人獎短篇小說首獎）

萎縮的夜

你是在我面前倒下去的。

沒錯，就是這樣，我的父親。你的背漸漸駝了，身體萎縮得越來越小，嘴巴乾癟凹陷，昔日壯碩的小腿，現在只剩下兩根細瘦的骨架在支撐。你慢慢踱向房間，坐在床邊，呼吸開始變得急促。我走進去看你。房間因爲長年煎煮中藥，一股令人窒息的氣味迎面撲來，緊緊抓住我的鼻腔黏膜。我忍住咳嗽，扶你躺下，說要帶你去看醫生。可是你卻邊喘氣邊搖頭，說是老毛病了，躺一下就好。

那時已經深夜一點。我回到床上，聽到隔牆你唰唰如海潮般的呼吸聲音，在這個夜裡特別清晰，你正在吃力的活著哪。我翻了個身，外面街道傳來摩托車囂張的奔馳，宣示距離我們非常遙遠的速度與青春，那種狂傲的呼吼聽來眞令人心驚。而我已經多久沒有嘗過奔跑的滋味了？這些年來，我和你禁閉在這層三十坪的公寓裡面相互對看，逐漸長成兩株不會移動不會開口的植物，鋼筋水泥牆擋住了北回歸線的陽光，我們遂變得蒼白而透明。有時整個午後你就坐在沙發上讀報，微風掀動報頁，而我的視線穿透過你的身體，看到玻璃窗外一片刺眼的藍天，映襯這一室的晦暗。我彷彿是坐在冰涼的咖啡凍中尋找遠方遼闊的光線。

但是現在不要光亮。這個黑夜在你掙扎的喘息相伴下，顯得特別深沉可怕，然而卻使我心安，在黑暗中我終於能夠將視線調回到自己的身體上。我捏捏手臂鬆弛的薄肉，冰涼滑溜如一塊懸吊在華西街夜市的蛇皮。我來回搓弄拍打它，幻想著把這層鬆垮的皮緩緩剝下來，如同那些殺蛇師傅一般嫻熟與從容，然後放在枕邊，露出一具鮮血淋漓的身軀，細小的血管還在暗紅色的肌肉紋理間砰砰鼓動，頭顱上暴凸出兩隻瞪得斗大的眼珠，不知該算是痛苦、恐懼、或興奮，我忽然咧嘴一笑，像是好萊塢電影中變身的外星人，我的臉頰裂開，牙齒剝落，內臟吐出。我不能再想了。再想就會起身到廚房中拿菜刀實踐起來，就像我的母親一樣。自殘是我們家族不能擺脫的遺傳。

（蟬噪的黃昏中母親席地而坐，倚著小茶几，手中的菜刀落在腕上。她皺緊眉頭將刀鋒對準血管，使力下去，卻沒想到生命的根脈比什麼都還堅韌，她努力了半天，汗流滿身，也不過劃出一道小小的傷口而已，細小的血舌沿著她的手腕蠕蠕爬下，流到掌心中的紋路停止。

我背著書包，嘩地拉開紗門，母親抬起頭，倉皇看我一眼：「妳轉來了啊……」她趕緊起身，抹抹額頭的汗，又拿著菜刀回到廚房中，窸窸窣窣地做晚飯。我坐在茶几旁，椅墊上還殘留她的體溫，我轉過頭，看到母親站在廚灶前的背影，這次她把菜刀高高地舉了起來，喀嗤落下……）

我從夢中驚醒過來時，天已經濛濛亮，早晨青草與露水的氣息透過紗窗飄了進來。我伸了個懶腰，忽然想起什麼似的走到你房間。看見你仍然維持昨晚的姿勢，雙手交叉貼在腹上，雙腳合攏，在這一剎那，我幾乎以爲你已經死了。我躡足再走近一些，卻看見你的胸腔還在微微起伏，你的眼睛緊閉，嘴角上凝固了一條黑色蜈蚣般的血痕。

「父さん！父さん！」我趴在床邊搖撼你。你的身軀緊繃而且發燙，彷彿一具曝曬在烈陽底下過久的盔甲。然後你就再也沒有注視過我，或說過一句話了。這代表什麼呢？我的義務終將完成。我撥通醫院的電話之後，喘了一大口氣。

經過加護病房二十四小時的急救，手臂上扎滿針孔的你再度張開眼睛，但是已經沒有任何意義，你變成另外一個陌生人似的，瞳孔中根本見不到我的身影，你那呵護過、斥罵過、甚至怨恨過的女兒，你這輩子共同生活最久的一個人，你竟然全都喪失了記憶。我趴在你的臉前，只聞到你張開嘴巴呼吸時吐出的腐屍氣味。你那無知無識嬰孩般的目光總是下垂，看著這席不知被多少病人睡過的床單，身軀不停盜汗，當衣服被扒得精光之後，你和一隻可憐兮兮的禿頂紅毛猩猩簡直沒有區別。而這居然就是我的父親。

（是你嗎？父さん。

好久不見你這麼年輕的模樣了。我最喜歡看你穿這一套淺藍色燙得筆挺的制服。在日本皇軍的詔令下，一架架神風特攻隊的自殺飛機在你的手下焊接完成。父さん，你可知道我從岡山飛機場員工宿舍的屋頂上，就能看見你站在機場空地揮汗工作的樣子嗎？那焊接時噴射出來的火花不斷挑釁似的撩過你的面頰，使我擔憂得兩手輪流絞著頭髮。當飛機掠過頭頂，你往往放下手邊工作，抬起頭，默默記下它們的形狀。我知道那是你預備等到下班回家以後，在紙上把它們一一畫出來，然後告訴我哪裡是機尾、機翼和引擎。

當然，你也不會忘記告訴我那些駕駛飛機的青春生命。他們告別了故鄉的父母和愛人，駕著你焊接完成的飛機，衝上藍天，然後不多時就墜落在美麗的太平洋裡。珍珠

港，這是一個多好聽的名字。年輕的你邊敘述邊瞇起了眼，因為參與這份絢麗的死亡而感到驕傲。我的眼眶也不禁跟著溼潤起來。）

你是否也察覺到我眼眶中的淚水，所以才故意側過身去背對著我？我真的流淚了嗎？如果是，那麼也是為自己而流。在你翻身的時候，你的糞便滿溢出來，弄污了一小塊床單。我掏出一片紙尿布，把你側躺的身軀轉回來，抬起臀部，你的眼睛卻依舊呆呆地望向床頭，任憑我上下左右擺布。我打開臭氣薰天的尿布，你的陽具無力躺在兩蹊中間，已經變成一塊小小的黑色肉贅了，萎縮得驚人，大約只剩下五、六歲幼兒性器的大小。我伸手撥了撥它，但它一如預期毫無起色。我不禁暗自咯咯竊笑起來。

它也曾經昂揚進出我母親的身體，霸道地在母親兩片溫柔的肉頁之間吞吐，由慢而快，由輕而重，粗魯摩擦，全然不在意母親皺緊眉頭的痛苦模樣。而此時母親總想起你曾經以同樣霸道的姿勢，趴在那些廉價的妓女身上。電風扇在無風的炎夏中徒勞旋轉，病毒在你們迎合交會的溫熱體液中加速繁殖，明星花露水混合著汗酸味從妓女的腋下蒸發出來，碩大的乳房在你的鼻頭前面晃蕩，你張開嘴，喉頭深處滾出長長啊的一聲，黏稠的精液噴灑在子宮的深處。

你在一瞬間癱軟了下來。母親把滿身是汗的你用力推開，然後衝下床，坐到擺在床邊的水盆上面，細心的撈起水來沖洗下體。她的手指專注而溫柔的撫摸那兩片陰唇，彷佛是在對著一張情人柔嫩的嘴喃喃傾訴，就在你已倒頭呼呼大睡的長夜中，這場悄然無聲的交談還在祕密地進行。

然而現在你的陽具卻低垂著頭，好似在懺悔過往所發生的一切。但是它除了讓我的母親痛苦之外，是否也曾經讓她快樂過呢？我真的懷疑。

（那是一個多麼寧靜的春天午後。日本人已經從這塊土地撤退，新的統治者前來接收。但對小老百姓而言，日子並沒有太大的差別，還是一貫苦哈哈地低頭彎腰。不過父親卻因此失去了飛機場優渥的工作，只好改作麻繩生意。那日他遠行批貨，前腳才剛踏出門，一整個早上心不在焉的母親馬上走到房間裡，蹲下身，打開小斗櫃的抽屜。她從抽屜的角落中掏出了一個布包，然後坐到桌前，打開，裡面原來是一個鐵盒裝的香粉，盒蓋上面還繪著穿旗袍的美女。

母親尋出家中唯一一只發黃的小鏡，開始慢慢將粉塗到臉上，她一面塗，一面斷續破碎地哼起日本歌謠，她越塗越多，到後來整張臉都變得驚人的雪白，她卻似乎很滿意的左瞧右瞧著，又低頭去嗅指尖的粉香，不知過了多久，才嘆了一口氣，用布把粉盒謹慎包好，站起身，再放回到抽屜的角落去。然後母親走到水缸旁邊去洗臉。這次她幾乎是踮著腳尖走過去的，身體因而扭擺出微風一樣的悠悠曲線。我從來沒見過她這樣走路，一時看傻了眼，想起那些被狐狸精附身的傳說。但是等她洗好臉，抬起頭時，她又變回平日母親的模樣，黃黑色的臉上嘴角緊繃，面無一點表情。

母親牽著我上床睡午覺。她手搖蒲扇，就在我幾乎墜入睡眠時，突然感到身邊一股燥熱，扇子不知何時停止擺動。我模糊睜開眼睛，卻發覺整張木板床像是被什麼巨大的力量壓抑住而激烈地搖晃著。是母親。她的右手放在下體，正在快速的運動，所以帶動了床也跟隨不住發抖。隨著她手部動作的加快，她開始張嘴呻吟出來，而她弄出的聲音是如此巨大，以至於我無法再佯裝不知。我忍不住叫了聲：「母さん！」

我永遠不會忘記母親轉過頭來看我的神色，她那雙眼睛綻放喜悅的亮光，汗溼的額頭還殘留著香粉的味道。她張開雙臂，哦了一聲給我一個深深的擁抱。她從來不曾如此抱過我的。

就在那天，積壓怨怒已深的事變爆發了。傳說火車站前面跪著一排又一排等待槍斃的人，地下道裡面已經堆滿死屍，而父親困在外地，音訊全無。那兩天母親沉默異常，不停地在家裡來回走動著，不是拿掃把掃地，就是拿條抹布東擦西拭。後來母親越演越烈的潔癖大約也就是從那個時候開始。等到第三天早上，父親的身影終於出現在門口，他的衣服上沾滿塵土，已經辨別不出原來的顏色，他的鞋子全部都是血，溼淋淋的踩在地上一步一腳印。因爲所有的交通工具停駛，父親就從嘉義一路踏著火車鐵軌走回來。死人堆得像山一樣，血流了遍地，幾乎每一步都是踩在屍體上面，父親對我們說，並且展示他的布鞋作爲證據，眼睛裡卻難掩殺戮之後的歡愉。當父親眉飛色舞述說他歷劫歸來的經過時，母親正跪在地上努力擦拭那些凌亂的血腳印。有時她會抬起頭來笑著傾聽，可是那笑容隔了層紗般飄忽不定。

我看著母親骨瘦的背影，忽然想念起三天前的午後，她如微風般悠悠的體態，淡淡的香粉漂浮在空氣中，她那雙發亮的眼睛，是我再也不曾見到過的。」

我的父親，就從那個你不知道的祕密午後起，我開始明白母親根本不需要你來塡補，你的存在，只會把骯髒和污穢灌注到她體內，而我就是這麼誕生的，我是罪惡的子民。所以直到母親死前，她都還在不停清洗家裡每一樣東西，除了你。

所以我是否該感謝你賜給我的原罪？當我二十歲那年，剛從師專畢業不久，按照你們的意思和一個離鄉背井的外省人結婚時，丈夫脫掉我的白紗，爬上我的身軀，我的潔白與完整從此就要喪失掉了。你可曾想像過我是如何恐懼？那時丈夫的臉與你的臉重疊在一起。我閉著眼，全身緊繃，緊抿住嘴，不敢發出任何聲音，腦海中卻不斷湧現那個春日午後裡母親巨大的喘息。但是丈夫卻還像隻蠻牛一樣在我身上運動，他的呼吸充滿剛剛宴席上蒜頭醬油的氣味，噴在我爲這場婚禮吹得僵直的頭髮間。慘白的燈光在我的頭頂上方搖晃，丈夫並沒有把它熄掉，因爲今夜他要細細地品嚐我，割裂我，我閉著眼仍然可以感覺到那燈光刺眼的痛楚。在那一刻，我記起了我生命中也曾經出現過的一絲絲愛情曙光。但是你們卻聯手把它硬生生剝奪掉。

（嗨！我微笑著向那男人打了招呼，走過去。

他也微笑著，扶著腳踏車的把手不動，一直等我走了好遠好遠，他還站在那裡，我這才隱約聽到他把「恭喜」二字說出口。我繼續向前走，每跨一步越加艱難，那男人就像是一個龐大的磁場，把我身上每個細胞都往後拉扯。但是我不能回頭，眼淚終於撲簌簌掉落下來。

這個膽小沒用的男人，知道我下個月就要結婚了，爲什麼還不敢開口問我到底要不要跟他走？明明在兩個月前，他大膽寫下一封情書，趁我從校門口出來的時候，一把將信塞給我，然後騎著腳踏車逃走。積累到現在，我的枕頭底下已經藏著他厚厚的一疊信札了。可是再怎麼動人的文字都不能改變眼前的事實。這一疊嘔心瀝血的萬言書信，其實還比不上一個具體的動作。

這是我剛從女師專畢業到國小教書的第一年。那男人就坐在我辦公桌的斜對面，個子小小的，和那些活潑開朗的體育老師比起來，絲毫不惹人注目。但是從他將信塞到我手中的那一刻開始，他變得有一種異樣安靜的美感了，當別的男人粗魯叫嚷、渾身散發油垢氣味時，唯獨他是溫吞而秀氣的，他的臉白皙細嫩，鬢角特別烏黑，笑的時候一定舉起手來掩口，吃飯時一粒米不剩，然後把便當盒拿到水槽邊，慢條斯理的捲起袖子來清洗。這樣守禮的人寫出的信，竟會是那麼狂野奔放，失掉節制的熱情噴湧在字句之間。我饒有興味地注視著這個矛盾的男人。

但我的心理變化逃不過母親銳利的眼睛。當母親把我藏在枕頭底下的信全攤在飯桌上時，我就知道一切都要結束了。母親嚴峻瞪視我，一拍桌：「妳免想卜去學人自由戀愛！」父親卻還在桌旁自顧自吸嚕呼嚕喝稀飯，筷子嗟嗟敲著碗，直到吃得見了碗底，他才抬起頭來，看我一眼：「妳也好倘結婚啊，不通擱胡別來。」接著他們商量起我的婚事，因爲家中就一個女兒，父親堅持要招贅，他想了半晌，說：「前幾日，嬸婆講隔壁莊有一個開診所的外省仔，人未歹，無父無母，只是年歲較大一點，有意思講卜娶某……」

就在一頓飯不到的時間，他們決定了我的終身。可恨的是那男人聽到這個消息，還是一貫溫吞的微笑著，彷彿一點也不覺得驚奇，就連恭喜也忘了說。一直等到放學的時候，他才守候在我每天必經的路口，「恭喜」這兩個字停留在他薄薄的唇上。我根本不敢抬頭看他的眼睛，只見到他藏青色的褲管下緣脫了線，露出一截黑色的線頭來。

可是他依舊停住不動，傍晚的風在我們之間流過，而我繼續向前走，眼淚滴在柏油路面上，一瞬間就被吸吮乾了。）

婚後不到兩年，我的羞澀與矜持再也不能吸引丈夫，他拋下我和一歲大的女兒，跟著一個湖南女子去了高雄，母親因此氣倒在床，一病不起。那女子說著和丈夫一樣帶有濃重鄉音的語言，懂得他的思鄉情緒，所以我們只不過是他的短暫歇腳處而已，那我該怪誰呢？當然是你，我的父親，當初如果不是你在外面嫖妓得了梅毒，傳染給母親，致使她不能生育，而你又堅持延續香火，我何必招贅？如果不是你在飯桌上無意想起嬸婆的話，我又怎會選擇嫁給一個陌生的異鄉人？再說，如果我有很多兄弟，我也不必一輩子背負著你。你記性夠好的話，應該記得，日後我不是沒有再嫁的機會，在我還算年輕美麗的時候，學校的男同事願意不計較我失敗的婚姻，接納我的女兒，你卻出面阻撓，說我敗壞門風，對不起死去的母親，如果另一個男人膽敢踏入這個家門，你就死給我看。你憤怒得額上跳出青筋，硬要離家而去，連剛進小學的女兒也不知從何處學來一股強烈的道德觀，在旁邊以仇恨的眼光注視著我，你們祖孫兩人聯手，逼得我跪在地上哀求才安撫下來。於是我在母親的靈位前面焚香發誓，我願意終身伺奉老父，養育女兒，永不再嫁。

（「妳讀了這濟册，但是三從四德，是查某人一定愛知影的。」母親不禁喃喃唸著。一字不識的她，看我書讀得越來越好，雖然高興，卻感覺到莫名的害怕。母親叨絮完了，低下頭去燙我的學生制服，藍色百褶裙的摺頁一絲不苟凸顯出來。我的制服向來燙得比班上任何一個人的都要挺直漂亮。

「我知影。」我說，放下手中的課本，我望向窗外無邊無際的黑夜，視線可及的僅有一小點昏黃微光，隱約閃爍，藏匿在黑暗中的蟲鳴是不歇的背景音樂。窗外黑得喪失了遠近的分別，我和母親好像是被包在一個黑色的繭裡面，用細細麻麻的絲繩細綁起來，這繭越細越密，越細越密。

我忽然感到呼吸困難。）

你又勝利了，我承認。但我常常會想起你其實還有另外一個女兒，或許還不只一個吧。在我唸小學的時候，你藉口到外地工作五年，只有偶爾帶著一袋薄薄的薪水回來。每天早上我和母親到菜園中撿拾青菜，到了夜晚她幫人做女紅，做到兩眼刺痛發暈。你難得回家，潔癖越來越嚴重的她一定把你的衣服拿到河邊，洗了又洗，刷了又刷，往往洗到天黑才能筋疲力盡的返家煮飯。當夜晚來臨時，我們三人共同睡在一張床上，母親總用棉被把自己裹得密不通風，不讓你有機可趁。所以第二天一早，你又拎著一袋乾淨的衣服走了，等我放學回來時你早已不見蹤影。你從不說在外地的情形，但好管閒事的鄰居不忘跑來通風報信，比手畫腳向我們描述你豢養的那個女子，據說是個寡婦，一張白嫩白嫩的臉老是笑咪咪的，還帶著個八歲的拖油瓶，最近又生了個女兒，應該是你的種吧。鄰居喬裝滿面狐疑的模樣向我們探問。好強的母親後來索性緊掩大門，不再和任何鄰居來往。

那五年中，沉默的母親手腕上布滿新新舊舊的傷疤，當你與那女子決裂後又回到我們身邊時，曾經注意過嗎？母親曾在半夜哭著醒來，然後抓住我說，都是爲了我，她才咬牙苦撐下來，否則早就去尋死。她披頭散髮的樣子像是淒厲的鬼。於是當數十年後的某一天，我同樣抓著我自己女兒的肩膀，搖撼著她，說，都是爲了妳，我才這麼痛苦的活著！這句話一出口，我悚然發覺如此熟悉，這是我從小到大耳熟能詳的夢魘，如今卻從我的嘴巴原封不動的流了出來。我衝到浴室，轉開水龍頭大力用水潑臉，抬頭看見鏡中自己披頭散髮的樣子，就一如夜半的母親，那淒厲的女鬼。

你很訝異我竟然記得這麼多事情吧？你以爲那是不長記憶的年齡。可是錯了，有些事情只要存留一小點線索，日後就會在記憶的溫床中無限滋長，發芽，蔓衍。就像是你在外地生的那個女兒，我那同父異母的姊妹，我對她一無所知，可是隨著日積月累的幻想，她已經逐漸從綁著兩條麻花辮備受寵愛的小女孩，長成了一個妖嬈的中年婦人，因爲從小跟隨美麗的母親周旋在男人之間，她在不知不覺中學會如何展現誘人風姿。她微張點著朱紅胭脂的飽滿雙唇，十指豐腴而柔軟，從上一個男人流浪到下一個男人的肩膀，她根本不記得自己還有一個父親存在，只有白嫩嫩笑咪咪的母親，還魂在她的身上。於是我的姊妹彷彿變成我照鏡子時的反面，那另外一個從來未能實踐的我。

不過，唯獨有那麼一次，在我的記憶中，我和我姊妹的形象重疊貼合在一起，就是在那個春日的午後，母親有如蝴蝶般翩翩走動，她原本黃黑的臉變得白嫩而細緻，充滿笑意，她溫柔地躺在床上撫摸自己，大聲喘息，然後一翻身，用汗溼的雙臂摟緊了我。我親愛的父親啊，我常常想，如果事變的那一天你無辜死在槍下，沒能回來，那又會如何呢？我是否會像我的女兒一樣，從小沒有父親兄弟，所以到後來甚至無法辨別自己到底是男還是女？

（同樣的春日午後，我和八歲的女兒懶洋洋的躺在床上睡午覺。就在我幾乎墜入睡眠的時候，身邊湧起一股莫名的燥熱驚醒了我，我睜開雙眼，發現床板在激烈搖擺著。是女兒。她的手放在下體，快速的晃動。「妳在做什麼？」我幾乎尖叫出來，一面爲八歲小女孩竟然能夠發出那麼大的力量而感到詫異。

女兒迅速拉過一條小棉被掩蓋住下體，側過臉望著我，她的眼神清澈且無辜。「是誰教妳的？」我厲聲說。她搖了搖頭。

「以後不可以這樣。」我又厲聲說。她點點頭。但是她的眼睛裡有掩藏不住的滿足喜悅，就如同那天溫柔的母親一樣，讓我不忍，又讓我懼怕。

過沒幾天，女兒的級任導師跑來告訴我，她連上課的時候都會不由自主的去撫摸下體。我馬上把她從一群小學生中叫了出來，在走廊上斥罵她，她卻擺出不屑的神色，轉頭望向操場上逐球奔跑的孩子，陽光灑在她嘴角緊繃的臉上，如一層金鑄的面具。她多麼像我的母親啊。原來某種東西一直在我們的血液中循環，就像是季節的輪迴嬗遞，直到如今我才赫然發現。）

如果如果，我不斷臆想，所以一直在等著你變老呢。這聽起來似乎非常殘忍，但你對我又何嘗不是如此？你讓我一出生的時候就變老了，連要求青春的機會都沒有。可惜的是，你的生命力卻驚人的旺盛，手臂上凝固著雄厚的肌肉，甚至到七十歲的時候，都還能從箱底翻出白襯衫來，打上血紅的領帶，自己一個人搭公車到華西街去，直到晚上回家時，你好像脫胎換骨一般，原本滿頭花白的頭髮都已染黑，臉上的氣色紅潤光耀，當你走過我的身旁時，身上忍不住散發出一股香水混雜精液的腥嗆氣味。你依舊興致勃勃的活著，可是我的年華卻早已經走盡了。這多麼的不公平。

但我除了耐心等候之外，別無選擇。終於，在十年前你開始失去了性慾，除了到菜市場買中藥回來煎煮，你鮮少再走出這棟公寓，然後你的視力越來越差，要花一整天的時間才能勉強讀完一份報紙。五年前，你開始失去了聽覺，我和你說話必須大聲嘶吼。三年前，你的牙齒陸續掉光了，裝上假牙之後，你只能吃蕃薯稀飯，除了魚，不再進食任何肉類和青菜，你舌頭上的味蕾也漸漸痲木遲鈍。兩年前，你開始經常忘記關水龍頭，聽不見自來水徹夜流動的聲音，你幾乎連昨天做了什麼事情都想不起來。然後一直到你漸漸失去知覺，再也說不出一句話，看我一眼爲止。

一直到你闔上一雙沉重的眼睛。

如今我嘗試回想你的模樣，卻只能想起骨灰罈上那幀黑白照片，你對著鏡頭一臉茫然，嘴角平平撐開，不知究竟在想些什麼？那是我從來未曾了解過的，一如你對我。因而我面對著關入罈中的你痛哭失聲，不能自制，胸腔劇烈聳動，兩眼發腫，我一邊大聲啜泣，一邊走出這間寶藍色的公立靈骨塔，管理員趕上來將證件交還給我，稱讚我眞是孝順的女兒。我搖了搖頭，走過無數安置在架上的骨灰罈，男男女女老老少少，一張又一張定格在茫然表情的人生，陸續從罈上飛到我的正前方，無言瞪視著我。

我回到家中，你的房間已經空了，就在你昏迷醫院的那個星期中，我已經把它清理得一乾二淨，生銹的鐵釘，發霉的木頭，畫著人體經脈穴道的醫書，掉了扉頁的黃曆，還有塞在床縫中發黃的衛生紙，裡面藏著億萬隻枯死的精蟲，我一律將它們綑到塑膠袋中讓垃圾車帶走。我巡視了一下你空蕩蕩的房間，然後走到女兒的。已經二十歲的她早就拍拍翅膀，離我遠去美國，只留下一房間原封不動的書和衣物，以及在面窗牆上她掛著的巨幅畫作，幾乎把整片牆壁占滿，畫中人物或擁抱，或接吻，或跳舞，或慵懶的躺在草地上，一律是豐厚多汁的裸女軀體。於是我順勢躺在女兒的床上，注視畫中那些意態溫柔的女子許久許久，不知不覺天都黑了。那席鋪在床上的鵝黃被褥還不斷散發出女兒遺留下來的青春花香，而我慢慢伸長右手，探到下體，茂盛的陰毛刮過指端，體液腥羶的氣味緩緩沿著我的腹胸浮湧上來，上來，淹沒掉我的鼻息，隨著手指運動的加快，我的身軀也彷彿開始壯碩起來，我的嘴巴微微張開，似乎有什麼話囤積在內臟之間，而在這個震動的時刻非大聲吶喊出來不可。

我忽然坐起身，跌跌撞撞衝進浴室，注視玻璃鏡中面色潮紅的自己，就像是面對著母親穿越歲月而來，扶著水缸邊緣，彎下腰朝向水中倒影的凝神微笑。玻璃鏡面因爲我的溫熱喘息而蒙上一層水氣。然而過沒有多久，這夜深寒涼的空氣竟又再度從四面八方逼來，敷上了我的面頰，冰霜龜裂的紋路割裂我的眼角、唇角、兩頰以及手掌。就如同你死後躺在殯儀館冰櫃中的僵硬面容。我因而不忍再看，扶牆走出浴室，卻發現地板角落上積澱著厚厚的油漆剝落下來的粉末。我一抬頭，才看到不知何時公寓的牆壁和天花板竟然爬滿了腫脹的溼霉，它們在悄然之間奮力繁衍，如同頑強增生的癌細胞。我連忙從廚房裡尋出掃帚，仰首將它們掃落，在掃帚劃過牆壁的霎那間，掉落的漆斑彷彿一場突如其來的大雪，紛紛墜落在我的身上。我的頭髮被白漆覆滿，像是那頂在燃燒你的骨殖時我被迫戴上的麻帽，我狠命將它拍落，雙手在雪花之中亂舞。就在那一刻，我忽然記起蠶吐絲作繭時的姿態。

（母親低頭幫人縫製一件鮮綠色的旗袍，她的手藝在鎮上早有口碑。當快要完成時，她忽然招手叫我過去：「來來，妳來穿看麥。」還在念師專四年級的我放下書，羞怯地走過去，在母親面前忸怩褪去衣服，讓她幫我套上。

我立在鏡前，母親從背後爲我拉上拉鏈。她一雙手順著我體側的曲線滑溜而下，停駐在我的腰上。「腰這個所在擱收入來一點就剛剛好，」她自語著，「妳的腰比陳家小姐的瘦多了。」母親又從我的肩上探出頭來，幫我攏攏頭髮，她滿足地望著鏡中自己的臉，彷彿那件旗袍是穿在她的身上。

然而不到一分鐘的光景，她突以責備似的嚴厲語氣催促我脫下來：「不通給人弄壞去，這是人客明早就愛穿的。」我不敢有任何依戀，馬上把它脫下來還給母親，而母親又坐到她慣常工作的飯桌旁，執起針線來回綴補。我又回到燈下拿起書本，卻看見牆壁上映出母親不斷高舉右手拉出長線的身影，就像是一隻正在吐絲中的蠶。

當天晚上，我夢見那件鮮綠色的旗袍變成一個繭，但困在裡面的我卻因爲錯過破繭而出的時機，只能坐下來抱住雙膝，凝視繭外透過密麻絲線傳遞進來的隱約日光。隨著日頭的轉動，我的身軀已經逐漸萎縮下去，肌肉在老皺的皮膚底下流失。當瞳孔逐漸適應繭裡的黯淡光線之後，我竟然看見了父親與母親，他們各自蹲在距離遙遠的角落中，俱已縮小成不到原來一半的身量。我駭然張嘴，不敢驚呼出聲，怕一發聲就會震垮掉他們幾要支離粉碎的脆弱筋骨。於是我們繼續保持身體蜷縮的沉默姿勢。

那繭遂因此顯得過分的空蕩與寬敞。

（本篇曾獲中央日報短篇小說獎第二名）

（附錄）

萎縮的女人

——中央日報文學獎得獎作品〈萎縮的夜〉決審意見

施叔青

〈萎縮的夜〉是篇相當聳動、令人讀來騷亂不安的小說。

作者以第一人稱的形式，一個照顧老病以至去世的父親的女兒，在病榻旁喁喁回憶倒叙與她生命中幾個人，父母、丈夫、女兒之間的怨恨糾纏。

活在專制父親的父權陰影下，被剝奪戀愛自由的女兒，在丈夫遺棄她、母親去世、女兒遠走高飛後，沒有選擇的留下來，陪伴她所憎惡的父親度過餘生，等待他老去、死去。作者對這心理層層挖深，極見功夫。

不止是女兒的控訴，他的妻子也在夫權的宰制下，連割腕企圖自殺也只不過是一個失敗的姿勢。作者以濃麗的筆調來陳述這一對母女無法破繭而出的怨怒，對倫理複雜交錯陰暗的關係，有著相當獨特而深沉細緻的探究。特別是大膽而赤裸地深入極少被一般作家涉獵的女性自慰禁區，提出了作者對男性、對性交的另類觀點，是值得女性主義者思索的課題。母女孫女三代慾望的輪迴、亂倫的暗示，處處令人讀來戰慄，透不過氣來。作者對小說氣氛的經營功力上乘，尤其值得一提。

小說的時間從父親在日據時代焊接日本神風特功隊的自殺飛機，「二二八」事變發生，踩著死難者的鮮血沿著鐵軌走路回家，到以後改行，作者對歷史的書寫，只點到爲止，但顯見頗具野心，可惜限於短篇的篇幅，無法使作者從容施展歷史的部分，甚至「我」與丈夫女兒的關係也只輕輕帶過，未能深入，但已嫌擁擠。這是一個起碼中篇才容納得下的題材。

耶誕夜的賦格曲

一、幸福

現在雪花急促地朝我飛落下來，這條異鄉的冷清街道泛起水光，像是一隻沉默的獸靜靜躺臥，等待著我走入它的口中。而我繼續向前走，遙遠從前的你突然出現在街的轉角處，我佯裝沒有看見，匆匆走過，你卻啪噠啪噠地追趕上來，化成一道匍匐在磚牆上的黑影，緊咬住我的腳步。

我踩著這條令人窒息的寂寞街道，突然想起多年前的你，心底願意相信你現在房間的窗外也是同樣飄著雪的。刺骨的寒冷往往使人感到崇高而安靜，而街道上汽車滑逝的聲音則是不可缺少的背景音樂，就像此刻的我一樣，車子不斷駛過身邊，怯懦低喊起些許水花，我這才發現，我們的生命一直都處在類似的孤獨情境當中，只是你彷彿已置身於另外一個時空，而無論我的手臂伸出多長多遠，也不可觸摸，因爲命運之神再也不會讓我們相見了。

我總一次又一次陷入孤獨的結局，是出於自己的抉擇，或是一種宿命的性格。就像我剛才逃離一間溫暖的旅館，敷著暗黃壁紙的房間內鋪著一床出奇鬆軟的被褥，而H深陷在床褥之中，閉著眼，脊背的曲線是一筆流暢畫下的琴。床腳還臥著我和H尚未開啓的行李，一雙塞著長襪的棕色皮鞋還在忠心守衛沉睡中的主人。於是我轉開門把，回頭看H一眼，這種熟悉的感覺反而促使我加快腳步，因爲重複的事情仍在不斷地上演當中，而我總是選擇逃離。

那才是昨天的事情吧，天未破曉，我與H一同逃離我們居住的島嶼。H逃離他的家，沒有吵醒還在熟睡的妻子，也忘了餵食玻璃缸裡的金魚，在那一刻或許有稍許愧疚湧上心頭，但是卻不能再回頭了，他蒼白著臉毅然決然地將門小心闔上。而住在城市另一頭的我則是逃離我的公寓，只留下倚牆站立的電腦和一地倉皇的衣物，它們以沉默的注視來勸告我，挽留我，但這些都比不上我渴望叛逃的雙腳。守候社區門口的管理員趴在桌上，大門旁站立兩棵懸滿黃熒熒燈泡的耶誕樹，變成這個夜裡唯一還放射出溫度的事物，我揮手向它們告別：關於這個歡樂的節日，功用只在於提醒我們生活是反覆輪迴的乏味時序，譬如婚姻或是工作或是求學或是家庭，於是我不斷地從一個窗口跳入另外一個窗口，而這就是我旅行的唯一目的。

如今我深吸一口異鄉的冷空氣，依然記得昨日凌晨汽車沿著尚未甦醒的街道，霸氣疾駛而過的速度，我們刷過黑夜最後未熄的青色街燈，逼近天明時夜空敷衍的神祕寶藍光芒，而白日還陷落在極爲遙遠的地方沉睡著，溼冷的風從車窗狂吼著灌入我的胸腔，那時我幾幾乎要產生一種錯覺，以爲光明再也不會來到這個角落了。眼前的黑夜像是巨大的被褥覆蓋上來，隱匿住我的身軀，我不禁記憶起那些躲在黑暗中的時刻，指尖滑過肌膚時咯咯的笑聲，牙齒咬住耳垂，甜蜜的痛楚從我的臉頰蔓衍過來。我遂在寒風中瞇起了一雙眼睛。

但不幸的是，就在接下來的短短十分鐘內，黎明的曙光驚亮了整個城市。我第一次發現到黑暗與光明原來只有一線之隔。於是整個城市事物的輪廓越來越清楚，我恍然發現自己已被晨起的車輛包圍，右手邊一輛豐田汽車內坐著灰撲撲的中年男子，看不見他的眼、眉、嘴和鼻，只看見他低下頭去啃手中的食物，臉部的肌肉一波波鼓動著。這就是一天的開始，張口大嚼，然後排泄，空氣中一氧化碳的指數在慢慢升高當中。此時高架橋上整排銀白的路燈也忽地熄滅了，從高空看下來，櫛比鱗次的車輛所展現出和諧與秩序譜成的大美，可能也會令上帝感動得流下眼淚吧？當祂的手掌從漸漸翻白的雲端探下來，攫住我時，我果真能夠逃離得了嗎？

我拉緊脖子上的圍巾，繼續穿過異鄉的街道，前面巷子湧出一群手持蠟燭的孩子，他們大聲唱頌讚美詩歌，於是在這個神聖的日子裡，其實沒有人能夠逃離得了耶和華所賜予的幸福。

二、拋棄

妳離開我已經過了許多年了，其實嚴格說來也還不算多，屈指可數，但思想起來卻陌生得恍如前世。尤其當我來到這個小鎮，接下郵差的工作之後，我依然經常想起妳，把妳裝在我墨綠色的帆布袋裡，和一堆載滿濃郁人情的信件擠在一起，而每天把所有的信件都送完了以後，我就會看見妳靜靜地坐在帆布袋中，像是一封留給我自己的信，妳一雙抬起來注視我的眼睛如夜空裡的漆星。久而久之，妳倒不像是妳了，反而像是我一個未曾存在過的女兒，經過我的記憶而獲得了生命。因此我用這只掛在腳踏車上的帆布袋作爲她綠色的搖籃，而寫滿文字的郵件是她的被褥。我遂祕密地養育著這個只有我才看得見的女兒，而且把她當做我們共同的祕密，雖然妳從不知悉。

所以我經常快樂地騎著腳踏車，左腳右腳，輪流演奏著巴哈的賦格，體會妳所說彈奏樂器時肉體律動的快感，砰砰砰砰，砰砰砰砰，我踩著五線譜上高高低低的音符，載著我那小小的女兒滑過這個安靜的小鎮。

「掛號。」這大概是我最常說的一句話吧，對象是黑色的對講機，接下來就會聽到拖鞋輪流擊打地面的霹啪聲響。白色的郵差帽簷往往遮住我大半的視線，於是我看到的只是一雙雙的拖鞋，有毛茸茸的花貓頭，有黑皮的，有地攤上一雙十元綠色塑膠製的，有微髒發黃的乳白的，它們主人的腳趾也經常不安分地探出頭來，彷彿在好奇信件的內容而上下左右搖擺。

不知爲什麼信件的主人總是喜歡對我解釋信的內容，譬如那雙花貓頭拖鞋的女主人，每天都收到一封來自金門的信，她便會向我報告她在服役中的男友現在狀況如何，明天他就要去行軍了，連上有一個專門欺負菜鳥的排長，軍中的伙食簡直比豬還不如。一直到有一天，金門的信再也不來，她依然站在門口等我，我對她攤攤空蕩的雙手，她卻彷彿早已知道一般，滿懷抱歉地開始對我解釋她和男友分手的經過：「你知道的，我和他在一起就是一個錯誤的開始……」。她講了老半天，涕淚縱橫，但卻很堅強地拿出預備好的面紙把它擦掉，我嘆了口氣，聳聳肩，不置可否，轉身跨上腳踏車繼續往街口騎去。

其實她根本沒有必要對我解釋的，但是卻有很多人這麼做，每當我按下門鈴，那些人臉上還貼著美容用的檸檬片，或是提著褲帶剛從廁所奔出來，等我將那些記載無數祕密的信件遞上去時，他們就像被情治單位抓到一樣，羞愧得非要向我交代清楚不可。「你知道的，我……」他們總是習慣以這一番話開場，但荒謬的是，我又何嘗知道過什麼？

不過對於這塊區域人口流動的情形，我確實比管區警察還要淸楚。當了幾年郵差，對每戶大門的長相和狗的叫聲都瞭若指掌。曾經有人算過我的紫薇斗數說我遷移宮特別旺盛，我原以爲這意味著我會遊走世界各地，可是沒有，我只是不停的環繞著這個小鎭移動，沒有固定的辦公桌，只是順著一條規畫好的路線周而復始的流浪。而這一點和妳喜好出走的個性不知道有沒有相通之處？

下午三點時我固定停在地中海咖啡館的門口，裡面的小妹跑出來拿信，門一打開，咖啡和鬆餅的香甜氣味就迫不急待地湧上我的臉頰。長著一臉雀斑的小妹脖子還沾有少許的麵粉，她笑著說有空來喝杯咖啡吧，我說好啊，然而這樣的對話恐怕也進行有一年之久了，卻從來沒能如願過，因爲穿著郵差的制服坐在裡面喝咖啡，大概會是一件很滑稽的事情，而下班之後趕著回家，似乎又沒有喝咖啡的必要了。

當然，更重要的原因是這家店總使我想起那年妳從地中海小島上寄給我的明信片，那張明信片我已經連同妳的衣物一起還給妳，但是長久以來，我卻無法將上面寫的話語還給妳，或甚至拋棄。

我只好把妳寫過的話餵養坐在帆布袋中的女兒，以至於她的眼睛在陽光下總會閃耀出寶石般懾人的光輝，就如同明信片上那片藍藍的地中海。

三、永恆

有些記憶是不可拋棄的，譬如香港吵鬧的彌敦道，我伏在老舊旅館的窗台上，看一群鴿子掠過購物人潮的上方，然後斂翅憩息在對面一棟灰暗的水泥大樓上。那棟大樓幾乎每個窗口都懸出一個秀氣的長方形招牌，泌尿科，律師事務所，抵押貸款，移民，然後我一轉身，就陷入H透出熱氣的臂膀。整個香港精華的地段就壓在我們赤裸的身軀底下，但是這種繁華慾望的背後終究藏著更大的恐懼，撒旦正逐漸張開蝙蝠的雙翼，於是九七前夕香港人陷入惶惶不安的狂歡當中，而我和H在屢次出走之後，也終於還是要回歸到我們所屬的那一方島嶼。

當這些事情不斷重複搬演的時候，我自然而然就會想起你，雖然已彼此中斷消息，但我們之間似乎還有一條曖昧的絲繩在岌岌可危地聯繫著，那使我們從和聲的關係轉變成爲對位，總是以先後不同的音階在重複著一條相同的旋律。

可是我依然經常會忘記自己在這場遊戲中扮演的角色，在節日時站在窗口，期待遠方捎來的卡片如同期待一場落雪般不切實際，於是忍不住反芻似地問自己，我們有多久不見了？你曾思念過我嗎？或是從頭到尾都只有我一人喃喃獨語？沒有所謂和聲更沒有對位的形式，甚至一切如同沒有發生。

但你遺留下的那件深藍色長呢大衣還鎖在櫥櫃裡，而你也隨之被濃重的樟腦味一併關起，偶爾在整理衣服時，我埋入櫃子的深處，就會看見你一貫平靜垂首的姿態。嗨！原來你還是在這裡，我安心地輕輕嘆了一口氣，吹起一股濃重的樟腦氣息，在海島型潮溼氣候的國度裡，這是唯一保存記憶不致腐化的福馬林藥水，而你被我浸在記憶的海洋裡面，默默地盤膝坐在岩石縫隙之間。我屢次質問自己，是否應該（或許該說是否能夠）把你釋放？

此刻的我繼續走在異鄉寂靜冷清的耶誕夜，許久不見的你，卻忽然從記憶的海底嘩啦啦冒出水面，你那長久凍結在同一表情的面容，像是路旁積著白雪的銅像，與屋內光輝燦爛的耶誕夜形成強烈對比。在這個神聖的夜晚，人們都躲在家中享用烤得金黃的火雞，香醇的馬鈴薯泥，在悠揚祈禱聲中，初生天使一般金髮碧眼的小孩，用手指沾起濃稠的醬汁來回吸吮著，長年以來經濟赤字的陰影終於被救世主降臨的節慶暫時驅走。然而只有我一個人不耐室內反覆播放的聖誕歌曲而逃離，走上飄雪的街頭，連流浪漢都被社會福利機構的人收留了，但那個拯救我的人究竟是在哪裡？你在不知名的地方，H在旅館，我的耳朵在多面向的空間中持續搜尋，聽到你說話的聲音，H做愛的喘息，由遠而近的垃圾車樂聲，夏夜中小孩任性的奔跑，婦人高聲喊叫如流星劃過空氣。

迎面而來的飄雪打入我的眼睛，一路蔓延過去的樹枝掛滿閃亮的聖誕燈泡，強行奪走這夜中其他事物的光影，所以爲什麼需要視覺呢？我總是被自己的眼睛欺騙，而舌頭、鼻子、雙手卻總是對我誠實，就像過去的相片總是令我害怕，它只會更加證明曾經存在的事物已然煙消雲散，所以要怎麼樣才能記錄下感情？我們是如此健忘，時間被堵塞住，沒有缺口。而只有音樂能幫助我們忘記具體的影像，惟剩下抽象的感覺。於是我遮住雙目，甚至閉上一扇窗戶，一道銅門。在逃離這個世界的形貌之後，彷彿才能夠稍稍體會到所謂永恆的滋味。

四、逃脫

耶誕節沉重的空氣已經纏住我的雙腳，因應節日蜂擁而來的卡片變成甜蜜的負荷，但這股甜蜜卻像是工廠複製出來的一瓶瓶蜂蜜，味道統一而且黏膩，如果直接吞嚥下去的話會覺得太甜，調了水之後一起食用的話卻又嫌太稀。

因此我唯一收到的耶誕卡片是我的女兒，她並沒有因爲節日交相催逼而變老，仍然是白瓷的容顏，一雙漆星的黑眼，默默坐在我的綠色帆布袋中，任憑一堆灑著亮片、寫滿肉麻兮兮字句的卡片在她的身上翻滾、跳躍、喧譁。我彎下腰攪動無以計數的耶誕賀卡，才想起已經許久未曾提筆寫信了，文字的魔障變成我與妳分手之後多年來努力衝破的夢魘。現在的我唯有剩下聽覺、觸覺與嗅覺，我雖然仍然看得見花開花落，四季在眼前嬗遞的風貌，但我卻再也不經由視覺來理解這個世界。

於是當那個國二的小女孩接過一疊卡片，歪著頭問我每天走同樣的路線送信，不覺得煩嗎？我說不，因爲我喜歡賦格，同樣旋律的反覆可以極爲簡單，但也可以極爲深刻，有時反倒更貼近我們血脈流動的狀態。但是小女孩沒有說什麼。我知道她痛恨重複，就像每天不能逃脫的小考，練習指法的哈農。我曾經看見她的母親開著一台大黑轎車載她去學鋼琴，她隔著車窗玻璃洩漏出憤懣的目光，似乎恨不得把這個整齊的街道一把捏得肝腸寸斷，化爲粉碎。然而她的目光接下來掃到我身上之後，臉色卻轉爲絕望的抑鬱，她伸出手掌來貼在玻璃上面，嘴唇一開一合不知在說些什麼，我掉過頭去，不願意再看她那種求救似的神情。

人似乎到了某個年紀之後，才會發現這種規律所帶來的幸福。這就好像母親不能理解我在這樣的年紀爲什麼會離開城市，選擇一個郵差的工作？因爲她一直還以爲我是個孩子，只爲了一段挫敗的愛情就自甘墮落，其實不是，完全不是，這些年來，我已經凝結成一塊透明的水晶，沒有任何雜質。即便是對妳，我也說不出愛與恨，我的一切都澆灌在躲在帆布袋中的女兒身上，那是一種無可言語的私密幸福，也是我對妳表達思念的方式。

大家圍繞桌旁，張口大啖豐碩的宴饗的時刻，我們從來沒有合唱過耶誕節的歌，沒有共同讚美過這個救世主即將誕生的光輝日子，而這是否就注定了我們將來孤獨的命運？我一邊踩著破舊的腳踏車，一邊低頭對被大量賀卡淹埋的女兒說，雖然寫滿愛恨瞋痴的郵件重量拖住了我的腳步，但幸好那些都不關我的事，我不是溺愛孩子的耶誕老人，更不想當背著十字架的耶穌，否則我一定會千方百計想要逃跑的，因爲愛人眞的是一件太過勞累的差事。

窗外

多年來，藍英常來到窗外望著我。白日的時候，黑夜的時候，她會突然無聲無息伏在窗櫺上，時而歡欣，時而側過瘦如橄欖形的尖臉去，不願我見到她的面容，而我亦背向窗戶，凝住不動，良久良久，但我總知她不會輕易地離去。空氣不斷朝我湧動來她溫熱的呼吸，如浪重重環繞舔舐著我的肌膚，轉過頭，她果眞還在，黑髮傾下遮去眉眼如飄動的夜幕。然而她卻什麼也不說，驚人的長髮綿延成窗外無盡的黑暗，爾後飛散入北美洲光亮高遠的星空，穹蒼下的荒野遂俱籠罩在一片死寂的沉默當中。

妻子在臥室內用英文呼喚著我的名字。我起身應著，沒有關窗，他們說夏季正是美洲土狼猖獗的季節，然而我想闔上窗戶是一件殘忍的事——那彷彿是把一半的自己孤單留在夜中的荒原裡。所以我寧可取下牆上的獵槍放在枕邊。妻子說她在美國從小到大沒有見過一隻狼，實不必要過分擔憂。但是誰知道窗外會出現什麼呢？一個遼闊悠遠的世界此刻靜靜地伏在窗櫺外面，藍英正在某個角落沉睡，我又如何知道一匹狼會不會蠢蠢渴望著要躍過窗台，進入到我的世界裡來呢？

現在我從美洲橫越過太平洋，走下飛機，踏上我久違了二十餘年的故鄉的土地，再轉搭上火車。火車剛駛過湖口，原野上撒滿令人眩惑的紫花，七歲的藍英又出現在這片迷離的夢境間，我看見她張嘴在吶喊著，喊我的名字。我趴在被陽光烘熱的車窗玻璃上，卻只聽見車輪瘋了似的隆隆吼聲，彷彿在一座狹小的山谷中來回撞擊，我的耳膜隱隱發疼。藍英在那片綿延的不知名的紫花裡奔跑，白色短袖襯衫發出刺眼光芒，藍色學生短裙迎風向後撕扯，浮現她細瘦的腿的輪廓。火車如蛇般飛速擺動腰肢，一轉彎，掃去了她的身影，車窗外卻只剩餘夢般漂浮在閃亮綠草頂端的紫花，還依舊堅持著要延續下去。

面對這種情景，我拿下眼鏡，抹著發酸脹熱的眼眶，突然強烈感覺到時光確實是過去了。窗外爲艷陽炙灼得幾乎燃燒的天和雲和草和地，都像是一部古老的遙遠的電影，畫面不停轉移，而我被大力朝前方沖刷，昏昏然，正如那年二十餘歲的我獨自搭上火車，轉乘飛機，開始奔流海外，直至今日歸來，這一路彷彿籠中天竺鼠在慌張踩踏轉輪，而我不知在循環裡將得以歇止何方。

為這莫名的情緒感到傷悲，不免覺得是一種多餘的浪費。事實上，在外近二十載的生活將我的情緒鍛鍊得收放自如，故似乎極少在感歎過往上耗損我的精力，但今日我又再度手提行囊，走下火車，立在當年就已是如此灰黯沉寂的月台上，三兩旅人垂頭或站或坐，站長的臉依然被圓盤帽的陰霾所籠罩，十七歲的藍英又出現在車站窗外。她瞧見我，大力揮手，跑到出口處的柵欄外，蒼白的臉在南台灣的艷陽中蒸出兩片紅潮，我不得不以為自己已經脫離多年來規畫好的生活常軌，正一步一步地走回當年的日子去。尤其是藍英，多年來，她未曾如此興奮招喚過我，我的心不由自主又在胸腔內躍躍滾動起來。我提著行李大步向她邁去，如同二十歲的我，從台北的學校放假歸來，踏上月台，第一個見到的人便是藍英，二十歲的我便提著行李大步向她邁去。

回來了！藍英微微笑道，仰頭望我，每次都說同樣的話。

回來了。我亦微微笑道，每次都做同樣的回答。其實我人已立在眼前，又何必相問？沒想到二十年過去，依然是這麼痴傻的一問一答，但是我卻突然了解當年藍英為何要問我是否回來了，因為就怕像現在一樣，兩人彷彿是面對面的相見了，實際上卻是幻夢一場。但語言又能保證甚麼呢？就好比現在，一切早已不存在，語言卻依舊可以在幻想中出現。

我往大街上走去，感覺到她總是與我並肩行走。那是我的故鄉的少女的藍英，裙腳活潑地搖曳，拂啊拂過我寬鬆的褲管，是藍英的呼吸氣息。

這彷彿回到多年前寧靜的午後，我和藍英帶著一顆籃球，沿路走向中學的籃球場去。藍英邊走邊拍著球玩，咚咚的聲音在午眠的馬路上擊盪，我會故意放慢腳步，看藍英右手熟極而流拍球的背影，悠悠走過雜貨店櫃台前排成一列的糖果罐。太陽由前方照映出繽紛如虹的色彩，糖果甜膩的香味似由罐中溢出，漫於乾燥的空氣間，這聲音這畫面這氣味，彷彿置身於一沉睡已久的遠古，我悠然不知何年何世。記憶中的小鎮老是處在這種昏睡的狀態，以至於後來在異國都會的街頭忙碌奔走時，偶爾想起小鎮，竟是不敢相信在此時刻世上還存在著一個寧靜的角落，連伴我一同長大的藍英也形同虛幻了，那經年緊掩鐵門的商店，褐鏽斑斑，幾使我誤以為小鎮是我前世未忘的記憶，而藍英，也不過是活自遠古年代中一與我緣深的女子。

然而多年以後的小鎮已令我難以辨識，火車站前拓出了一道筆直寬廣的柏油馬路，貼著清一色丁字掛壁磚的樓房擁擠在道路兩旁，沿路望過去只見大大小小的招牌夾簇著一線灰藍色天空。明亮的便利商店門口懸掛起促銷熱狗可樂的布條，我走進買了一瓶美國進口的蘋果汁，年輕的店員微笑著將發票遞給我。然後我往記憶裡中學的方向朝左彎去，沿著昔日稻田遍布連天，今日卻已經蓋滿了白淨透天小別墅的巷弄走著。正前方不算遠的山腳下曾是班上塗仔家的番石榴果園，在鎮上多年來積極邁向工業化的政策下，現在已見成果，水泥工廠創造了數千個就業機會，一根根巨大烏黑的煙囪聳立天邊冒著煙，一連排灰暗的廠房外高豎起刺人的鐵絲網。一路走來，數台卡車從我身邊驚天動地地駛過去，地殼彷彿要散裂開來，像是再也壓抑不住沸騰的忿怒。我不禁開始懷疑起記憶中的小鎮果眞來自於我的前世。

隨著自己淡淡的感傷，我馬上警醒到自己這種懷舊的情緒實屬濫情，因爲歷史本來就是在不斷進化當中，遵循現實的法則汰舊換新，但是人們在回顧過往時卻總不由自主地陷溺浪漫懷想當中，以爲逃避現實的慰藉。我在卡車掀起的風沙中掩住鼻口，非常清楚自己此次歸鄉的目的只是在探望藍英，多年來她總是逗留我的窗外，我想我應該做的不只是打開一扇窗，而是舉步跨出門去。我遂加快腳步走到已經在望的中學圍牆，踮高腳，便很輕易的找到了那株鳳凰樹。値得驚異的是那棵樹歷經了數十年的推移竟還能展現出如此旺盛的生命力，粗大的枝椏挺生到遙遠四層樓的校舍上，灰白的樓房將一樹鮮紅的花葉襯得格外分明，像是在天際黏貼著一幅艷麗的畫。我不禁想到中學時代的我與藍英常坐在樹下，大聲朗誦著自己剛剛在校刊上發表的新詩，也不管她是否聽懂，而藍英只是耐心地微笑著，一手扯著身旁的青草。南台灣炎熱的太陽總把我們烤得汗流浹背，那時心中的想法今日已經盡數遺忘了，但記憶猶新的卻是當時那種汗水淋漓的舒暢快感，那像是全身細胞都張大了口在呼吸，在渴求著生命，其實也可說是渴求著文學，中學時代的我似乎把文學和生命視作同一回事情。

文學對人類的意義究竟何在？在美國一所我執教了近十年的人文學院文學課上，一個學生嚼著口香糖發問。我站立在講台上，放下手中的講義，卻不知如何做答，腦中流轉著歷來學者對此問題的思索和詮釋。然而這些學理都未能說服我，我瞪向窗外綠草如茵的寧靜校園，陽光潔淨如金沙，幾個美國學生在一來一往丟擲飛盤。我想說的是我年少時心中曾如何洶湧過澎湃的感動，雖然並不清楚文學究竟是什麼，但那種東西卻是深植入體內，發熱般地痛苦與快樂。然而現在我卻無法解釋那些感動都隱退到何處了，它們只是無聲無息地消失了，我也從未想去追回，那就好像目睹身體上的某一部分在逐日枯萎下去，然後你便不得不承認它已死亡。我腦海中突然想到一部電影也曾出現過類似這樣問答的情節——歷史教師在課堂上面對學生對於學習歷史之必要性的質疑，我嘗試去回憶電影中所給予的答案，然而卻發覺這是枉然，我應該反問的是我自身，文學對我的意義何在？謀生的工具嗎？我對著一室身著襯衫運動短褲的美國學生沉默許久。

其實我所居住的這個美國西部小鎮是異常美麗的，乾燥少雨的宜人氣候，春天時分溫柔的黃白茱萸在路的兩旁無盡渲染開來，冬天時則覆蓋著皚皚的白雪，但是我卻早就放棄寫詩了。我每天在課堂上教授文學，在文學理論的術語中遊走，卻越來越不知道文學現在與自己有何關聯？只有偶爾在失眠的夜裡，那種年少時候的感動的記憶還會翻山越嶺而來，悄悄地由窗戶湧入，瀰漫於室內室外流成一片的黑暗中，任憑我徹夜瞪視著它不安地翻攪滾動。

在這種時刻裡，我會想著藍英是由窗外走進來，微笑著躺在我的枕邊，永遠做我唯一的忠實讀者。就連我現在的妻子也不知道我曾寫過詩，而學生的眼中我只是一個邁入中年的拘謹乏味的教授。我的辦公室沿牆排滿了大大小小不同顏色的文學書籍，多年來我坐在臨窗的位置上埋首書堆，打出一份份工整的研究報告，課堂講義，然而眞正的文學在窗外。我抬起痠痛的頸部，深吸一口窗外滲透進來的陽光，我想我的肺該是長滿了經年濃綠的苔，潮溼而鬱暗。

現在我看到中學校園的鳳凰樹，知道藍英就躺在那株鳳凰樹右邊的圍牆後面。她在等著我。我在圍牆邊摘了一朵單薄的小花，淡藍色的花瓣已迅速凋落下來，貼在我的掌心上，怕等不及到藍英的面前它就會枯萎了，不過反正這都是遲早的事，總有一日萬物俱會腐化為泥。我走過校門，轉入通向藍英所在的那間寺廟的小徑。廟裡的歐巴桑正拿竹帚在門口掃地，見到我，謙虛地合掌微笑。我詢問她藍英所在的位置，然後輕輕地走上樓，寧靜的四周令我下意識屏住氣息。我走入二樓廊尾最末的一間房間，佇立數秒，便見到了藍英。

其實我是不會流淚了，初到美國的第二年他們寫信來告訴我，藍英被鎮上新開一家工廠的大卡車撞死時，我從學校郵局出來，就坐在雪地上哭了一下午，雙頰凍得赤紅龜裂。如今眼前這一方小巧的黑色木盒上貼著藍英的照片，照片周圍鑲滾一框黑邊，像是一扇沉重的窗，依然是二十多歲的藍英在窗外對我淺笑。

傍晚我坐在藍英哥哥家喝茶。鐵捲門高高拉起，我們正對馬路，圍著檜木雕成的茶几而坐。他一面熟練地沏茶一面說自己正現職一家工廠的課長，並遙指正前方火車站後一大片幾盡完工的淺藍色玻璃帷幕大樓，說鎮上這幾年來地價在直線飛漲當中，那一片原本荒蕪的田野在前幾年被某財團買下，便著手興建超大型購物中心兼辦公大樓，並有計畫地發展周邊公共設施等建設，如開拓馬路連結高速公路等。他示意我應儘速把握時機回鄉投資，來日必定會增值四五倍不只。門前電線桿上有幾隻麻雀停在逐漸灰暗的暮色中，每隔三四分鐘就有卡車轟隆從馬路上壓過，塵土揚滾入空。對面開雜貨店的阿伯拿著水管不時對路面灑水。藍英哥哥的小孩伏在門口的小圓桌上做功課，我突然很想知道在他這個年紀的小孩心中在想什麼。每一個世代有每一個世代的夢，有一天當他再度回想起小鎮時，或許非常思念的會是卡車駛過時所揚起的一街蒼茫塵土。

當我又回到北美洲那片原野上，時已入冬，彼處正陸續墜落茫茫白雪。我對窗而坐，壁爐在我身後嗶波燃起火焰，在窗玻璃上跳動炙紅光芒，藍英在能見度幾近於零的風雪中恍惚佇立。我瞪視著無止盡的雪飄飄然下降，堆積，淹埋掉屋外那條鮮少有人行經的馬路。在這個雨雪時節萬物都已進入冬眠，窗外似乎不可能再出現野獸咻咻覓食的鼻息，我已無可憂懼，遂起身將置放在我腳旁長達一夏的獵槍掛回牆上。我打開窗戶，張大雙臂，一股冷風颼地灌入懷中，白雪冷冷的氣息瞬間貼覆在我的鼻腔氣管黏膜上。

很冷哪。妻子雙手環臂走來，縮著頸埋怨，走到我面前將窗牢牢關上。

我和妻坐在長桌的兩旁吃晚飯。暈黃的吊燈由天花板垂落下來散發高溫，熏灼著桌上花瓶中怒放的玫瑰愈加赤紅。我轉過頭去，望向窗外無聲無息的白雪，內外僅隔著一層單薄的透明玻璃，卻感覺不到絲毫寒意，我彷佛是在閱讀一本在窗外掀翻的流動書，或一齣古老的默片，然而其中記錄的卻是我不斷如雪降落，層層加疊覆蓋，然後便消融無跡的過往青春。在冬季裡我已經不再把槍放在我的枕邊，那些不安蠢動著甚而令我憂懼失眠的記憶或生命之類的事物，都已經隔絕在一窗之外，而窗內的我只是安坐於一方緊閉的空間中一點一滴老去。永遠停留在二十多歲的藍英仍然在窗櫺外注視著我，她溫熱的呼吸噴在窗玻璃上，凝結成細碎如淚滴般的雪珠。屋裡壁爐燃燒一室熊熊的溫暖，中年後日益臃腫的妻抱著貓坐在椅中打瞌睡。

我冷靜凝視著藍英的髮在窗外隨雪飛舞，然後發覺如今所能做的，就是獨自低下頭去，翻開手中書頁，讀一首又一首的詩。

飛行紀事

一

飛行的時候不可戴眼鏡和安全帽，阿宣說，要讓風撕著臉皮好像要裂開一般，瞇緊刺痛的雙眼淚水和鼻涕一起掉落。聽不見也看不見的時候，就會輕飄飄地飛起來了。

阿宣載著我在馬路上奔馳。路邊的電子鐘顯示現在是晚上十點八分五十三秒，噪音八十八分貝，說明空氣污染的程度的燈泡已經故障，三種顏色的燈一起發亮，沒想到這台電子儀器也會呼吸。不過在這個擁擠的人踩人城市住久了，任何東西多少都會通點人性的。

彎到南京東路時一台車搶著從我們身邊擦過，阿宣車身向左一打晃，他唰地扭腰隨即以準確的角度拉回，猛力催油追著那台車的屁股，手指按在喇叭上不放，當超過那台暗紅色裕隆時阿宣對車內的人大喊：

「幹！」

裕隆也響起尖銳的喇叭聲，和阿宣的車唱和，阿宣的吼聲在夜中街道上隨呼呼的風淹沒，很快地我們就擺脫掉那部一路喀刺刺拖著垂落一邊保險桿的大爛車。

「不怕他來撞你？」我以前被計程車撞過一回，下巴縫了蜈蚣樣的八針後就不敢再開口罵人。

「放心，流氓都開賓士。」他說，「他還怕我咧。沒看報說現在騎摩托車的看你不爽就拿武士刀砍你。」

我們繼續奔馳，像中古時代帶刀的騎士穿過雜亂的叢林，理容院的霓虹招牌以流星璀璨的速度在身後飛逝，搞不清是什麼選舉的候選人看板懸在行道樹上，一整排綿延而去貼著一個戴著眼鏡的中年女子，微笑的模樣一看就知是在夜半會充滿慾望而失眠那型的。我們在夜市的豆花攤前停車，捧著綠豆湯抬頭見天空淨是霧濛濛的灰黑，沒有星也沒有月，惟有煙塵。我用手朝天空比出想像中北斗七星所在的位置，身邊海產攤的老闆伸著白胖的胳臂，在鋪滿碎冰的魚蝦蟹肉上方懸起了一長串晶亮的燈泡。我們把碗遞還給豆花攤後面無表情的八歲小男孩，他熟練地把碗咚一聲丟入發黑的肥皀泡水中，收起擲在不鏽鋼枱面上的銅板。然後我們發動引擎上路，車身以優美的弧度閃躲過馬路上一個接一個積滿昨夜雨水的坑洞。

「怎麼樣，這台車還夠力吧！現在還出了更新型的，他媽的一台要八萬多。」

「哪來的錢買的？」

「幹——」他笑著哼了一聲，「天天去幫我老爸賣半個小時的麵，收的錢就每次偷摸個五百一千，賣了一個多月的麵才買的，延平北路的中古車。」

「你老爸不知道？」

「誰曉得？管他，他還奇怪我怎麼突然孝順起來咧——反正我媽就假裝沒看見。」

阿宣的爸在夜市擺攤，煮了十幾年的麵雙臂都是一塊塊突起的肌肉，阿宣說揍起人來一下就可以打斷一根棍子，像在斬鵝肉一樣，只差沒有肉末橫飛。他唯一的缺點是瘸了一隻腳，跑不動，所以阿宣和他妹妹長大後跑得比誰都快。他媽媽老是蹲在鋁盆前洗碗，雙手沒離開過肥皀水，從背後看就像個特大號的馬鈴薯。剛剛趁阿宣他爸手持菜刀一抖一抖地在剁豬頭皮，她從沾滿油污的圍裙口袋中摸出腥軟的紙鈔塞到阿宣手裡，蠟黃著一張臉叫我們省點花。我們踏過市場一窪一窪烏黑水坑，腳底沾黏殘破的青菜葉，阿宣回頭對我說：數十年如一日，每天晚飯都是這樣打發度過。他說我才剛從美國回來，應該請我吃好一點，我們穿過夜市到另一角落吃八十元一客的黑胡椒牛排當晚餐，薄牛肉片底下很講究地鋪著香料樹葉，沒有茶味的超甜紅茶還可以無限續杯下去。十一點半阿宣的爸爸已經收攤回家坐在門口噴煙，左手搓著腳趾間的污垢，我們回去騎摩托車出門時他側過頭灌了一口啤酒，然後一拐一拐地在後面追著喊：

「三更半暝擱出去趴趴走！你好膽就莫轉來！」

我回頭看見他媽媽蹲在地上刷有一公尺深的大鍋，牆上的水龍頭嘩啦啦濺著水，他媽媽背對我們抬起手來輪流抹著臉，他的爸爸還在叫囂：

「幹！不知影讀冊就去街阿頭給人殺死好了！」

「他看新聞說飆車族整天砍死人，就夢想說有一天我也會被別人砍死。」阿宣回頭笑著說。

我們唰地彎過巷口，什麼都靜了，只有拔掉了消音管的刺耳引擎聲還在潮溼灰敗的水泥樓房之間撞擊。我側著臉看見電線杆上貼著一張白紙，是尋人啓事，上面歪歪扭扭地寫著「葉家蘭，十五歲，身高一百六十公分……」，其餘的字看不清晰，貼的是阿宣妹妹的照片，抱著隻大耳朵的狗熊在瞪著黑夜微笑。

「你妹妹還沒回家嗎？」

「沒，放心，她只是出去走走，還不是我爸趕她走的。」

「幹嘛不報警？貼尋人啓事有用嗎？」

「怕警察啊，我爸擺麵攤躲警察一輩子。其實找什麼？回不回家都一樣。回來還不是又要走？總有一天我也是要走的，只是我不會走得這麼沒種。」

他說有一天他也要買一張飛機票，到哪兒都行，只要是飛離台灣，單程就夠，還要學我每隔十分鐘就叫踩著細細高跟鞋的空中小姐來一次好解悶。

「幹——有錢人就是爽，想飛就能飛——」，他忽地將油門催到底，我瞇起眼。阿宣放掉車的把手，雙臂平舉開來張大如鷹翅，襯衫的袖子啪啪地鼓動著。過了好一會兒他才又縮回來捉緊把手，繼續加速向道路的盡頭衝去。

二

我們坐在中興百貨門口的人行道旁，雙腳一晃一晃，輪流哈著一支萬寶路。警察剛走，那些擺地攤的人又如鼠般無聲無息從角落中漫出，一轉身已布滿紅磚道上，回到警察來之前的繁榮景象。一台喜美和豐田可樂娜相擦撞，兩個人把車停在路中央，坐在駕駛座上伸出頭來叫罵，互相咆哮說要當對方的爸爸，叫對方有膽就下來，可是結果是誰都沒有下來。面對我們的那個開豐田的打條領帶，不斷推著金絲眼鏡，推一下冒一句髒話，車內的女人裸露著雪白的胳膊對著後照鏡補妝。兩個國中小女生就站在我面前一邊吃香氣噴鼻的鹽酥雞一邊笑咪咪觀賞，背上趴著個一臉無辜相的無尾熊背包。阿宣伸出套著大黑布鞋的腳晃過來，踢我的牛仔褲，我閃開腿警告他：

「喂，客氣點，昨天才買的GUESS耶。」

他不以爲然的撇了撇嘴：

「有什麼好屌的，我們身邊的這些地攤上全是。」

現在是午夜兩點，可是這裡熱鬧的像白晝，大家好像都不需要睡眠。左右雙排的地攤占據了大半個人行道，一件件衣服平躺著等人去認屍似的，攤販的主人打扮得比行人還時髦，坐在路旁的進口車蓋上嘻嘻哈哈，分不清誰是買主誰是賣主。阿宣說他將來畢業也要來這裡擺攤子：

「賺得你流鼻血——不用一大早爬起床在馬路上給太陽曬死，只要偶爾去國外晃兩圈帶點貨回來，就可以把這些台灣老土唬得呆呆的，到那個時候，嘿嘿——」

他眯起眼，目光穿透紅紅綠綠的人群，「我也可以像你一樣常常坐飛機，咻——飛過來又飛過去，喂，」他又伸腳踢我的褲管：「到那時我就去美國找你，說不定我們倆還能合作好好搞一搞，你看怎麼樣？……」

「搞什麼？搞大胸脯的洋妞啊？」

「呸，你有點格調好不好。」他在我頭上拍了一大掌。「我對那種全身是肉的哺乳動物才沒興趣，女人啊，要有味道才刺激。」我知道他指的是誰。

有味道的女人果眞在五分鐘後出現。小眉抱著一堆衣服從白色的SUZUKI吉普車中出來的時候，第一眼就見著我們。她穿著件麻紗襯衫，寬寬鬆鬆的可以見到瘦削的身骨，油亮的黑髮隨意挽個髻掛在後腦勺，白得失了血色的臉上眉唇反襯得格外鮮明，她看著我們笑得有些茫然：

「還沒回家睡覺啊？」連聲音都有氣沒力的。

「睡覺?才剛睡醒就來這裡幫妳占好位置呀——」阿宣的臉興奮地在霓虹流動的燈光下還可看出漲紅。

她笑笑，就動手在地上鋪了塊大黑油布，我們七手八腳的幫著她，她也不說謝。老實說，自從三年前跟著我媽移民美國後，見多了那些比男人還強壯有力的白黃黑色美國女人，暑假回來時看到小眉還眞的眼睛爲之一亮。不過不解的是阿宣竟然也會瘋狂地迷戀她，因爲像小眉這種貧血得快要死掉的女人台北滿街都是，阿宣也看不膩，單單就是挑中了她，愛情這種東西眞是無理可說。

小眉的妹妹小顏抱著另一堆黑長裙過來。她的頭髮染了一撮金黃，我從她背後扯了她及腰的長髮一把：

「假洋鬼子！」

她回身瞪了我一眼：

「不知道誰才是拿了綠卡的洋鬼子唷——」

我嘻嘻笑著不理她。陸續有人蹲在攤前把那些擺好的衣服翻來攪去的，像洗手一樣，終於有一個穿著細細緊身吊帶洋裝的女人開口問了一件上衣的價錢，小眉微笑地開了個天價，聲音有點可憐的委屈：

「三千六，我才剛跑了一趟巴黎帶回來的才有這個便宜的價錢，現在歐洲正流行。」

我看了一眼那件不知能不能遮住肚臍眼的上衣，訝異小眉那張薄薄的唇撒起謊來這麼乾脆。她壓根連歐洲長什麼樣都沒見過，最遠只到了香港撿人家清倉大拍賣的貨，她真的是省吃儉用的很，錢都不知摳到哪裡去了？聽小顏說是奉獻給她以前的男朋友賭電玩。

「嗯——」那吊帶洋裝的女人手撫摸那件上衣的鐵環猶豫著，「這洗了不知會不會掉……」

「不會啦，你放心。」阿宣忍不住拉大嗓門幫腔：「現在就流行這樣，你看雜誌上的模特兒都這麼穿的。」

阿宣喊得這麼大聲，弄得那女人也不好意思不買了。而且流行這兩個字真的像魔咒一樣，單看今年滿街女人都像穿制服似地穿細條吊帶裙就知道，這個也穿吊帶裙的女人果眞乖乖地從皮夾掏錢出來。難怪阿宣立志要來擺地攤。

十分鐘後小顏消失了一陣子，回來時手上抓著隻烤花枝，她一邊撕咬一顫一顫的花枝肉，一邊和我閒扯：

「喂，你住舊金山，那不是常常可以去迪斯奈樂園玩？」

「鬼咧，離得可遠啦，只去過一次，挺刺激的就是。」

「不是在加州嗎？那你有沒有去過賭城？我跟你說，我將來結婚的時候一定要在賭城，好多明星都在那邊結婚耶。那你有沒有去過好萊塢？不過去了大概也沒用，電視說根本不可能看到明星的啦。……」

她吃完花枝嘴邊都是醬油漬，躲到車上補妝後出來又喊口渴，一定要拉我去吃冰。整個小吃巷裡都是蠢動的人潮，只有一家冰店兼賣臭豆腐擔仔麵，貴得嚇人，小顏一面攪著碗裡濃稠紅豆牛奶一面吃吃地笑：

「你看你後面那個男生……」

我回頭看到一個穿著發亮的紫色西裝的男子和一個雪白短褲長馬靴的女人在吃麵，一臉泰然的樣子，我懷疑他不是色盲要不就是剛從紅包場作秀出來。小顏笑得有些不知節制，我想到報紙上最近老登那些看別人一眼就被砍死的新聞，我可不要死得這麼莫名其妙，雖然不回美國去完成那不用大腦的學業並不重要，但死總要死得有點美感才行，因為生活裡似乎只剩下死這樣東西才有壯麗的可能性而已，想到死也死的如活時般無聲無息就不禁令人氣喪。但小顏實在笑得過於神經質，難以制止，我只得把她拉出店來。

「有什麼好笑的，三八婆。」回到攤子上時我罵她。

「你去了美國還這麼沒幽默感，眞無聊。」她嘟著嘴。

一個臉塗抹著花白的女子蹲在攤前翻看衣服，屁股綳著件短裙，黑色內褲從大腿贅肉的縫隙間探出來，我推推小顏叫她看：

「妳說我們今天晚上可以看見多少種顏色的內褲？還可以統計一下現在流行的趨勢喔。」

「噁心，低級。」她白了我一眼。很沒幽默感的。她轉頭瞪向馬路上呼嘯的車輛。在這個年頭想讓大家一起會心一笑眞是困難。無怪乎反攻大陸世界大同這種小時候深信不疑的理想，拿到現在說出來都會被當作不是匪諜就是瘋子。

三

阿宣和我和小顏坐在戲院中看子夜二場的《東邪西毒》。唱國歌後燈光暗下來，全場是窸窸窣窣的塑膠袋聲，放映前的宣導短片裡一群青少年呆瓜在一間一看就知是布景搭成的KTV前拙拙地克藥。一直到「東邪西毒」四個斗大的字在銀幕上映出來，張國榮肅穆落寞的臉看著一大片荒漠，台下依舊熱鬧得很，從袋子中拿出食物的聲音不斷從黑暗中如鼠竄起，還有人交頭接耳的說話聲，某些人不安分的在場中遊走。這個時候才覺得人眞是可厭可恨，群居的主意鐵定是人還未進化完全脫離動物性的證明，我自覺很大聲地說了一句：

「吵死了，安靜一點好不好？」可是好像沒人聽見。

小顏咕嚕咕嚕地喝著健怡可樂，歪過臉來看著我和阿宣：

「喂，火氣不要這麼大。」然後突然冒出一句：「我跟你們說，我姐姐是不會看上你們的啦，她不喜歡年紀比她小的男生的。」

阿宣鐵青著臉瞪著銀幕。我說：

「妳安靜看電影啦。」

梁家輝出場時小顏又湊過來說：

「看你們兩個老擺張苦瓜臉，根本就沒在看電影嘛！我跟你說，阿標不會對我老姐怎麼樣的啦，他只是來要錢而已——又不是第一次了，我老姐自己也心甘情願，阿標要是太久沒來我姐還會擔心。」

阿宣還是不吭聲。剛剛阿標帶著三個人來向小眉討錢，阿宣看不過去差點和他打起來，所以小眉才把我們三個人塞進電影院來。阿標這個人也眞是奇怪，都快三十歲的人了還靠女人養，但小眉更奇怪，私底下提到他還是咬牙切齒，但見到他的人卻一點輒也沒有。小眉說若是阿宣老一點，不是二十歲還在念專三的小男生的話，她就嫁給他算了。小眉也是腦筋轉不過來，年齡有什麼關係，阿宣難道會比阿標幼稚麼？可是小眉只是苦著一張沒有血色的臉，說我們年輕不會懂的，年輕人的感情只是衝動起來說說罷了。可我眞不知道他們這些自詡成熟的人究竟在想什麼。

和小顏看過一次電影我就發誓以後就算付我錢也不和她並肩坐在戲院中。她一直喊喊喳喳吃東西還不打緊，每一個明星出來她都要讚嘆一番：

「林青霞耶——怎麼好像沒化妝。」三分鐘後她又推我的手：「等一下是不是有梁朝偉？……哎唷，好好笑，林青霞好像瘋子喔，笑得那樣……」

我噓了一聲教她安靜。可是她憋不到一會兒又問：

「那是不是劉嘉玲啊，我想看張曼玉耶……」

我眞想把她丟出戲院，只後悔沒有多買一點滷雞爪來塞她的嘴巴。幸好她在四周的人忍受不了紛亂的劇情而紛紛離席後，四顧張望說：

「演什麼都看不懂，大家都走了耶……」

「那你也趕快出去啊，順便看妳老姐和阿標怎麼了。」

她很高興地拿著吃光的食物袋站起來，大聲說：

「看完要來找我哦。拜拜。」我才如獲大赦般終於可以得到清閒。

阿宣始終瞪著眼睛眨也不眨。梁朝偉正拿著刀獨自奮戰馬賊，刀落如花，在快速的激戰中一雙眼神卻定定凝視著沒有焦點的前方。我轉頭看阿宣，他的眼睛亦好像失了焦，我不禁伸手去蓋著他的手背，他仍一動也不動。阿宣，我默默喊著他的名字，他卻只是瞪視前方。銀幕上是日復一日風來風去的乾枯沙漠，不知多遠處有倒映天光的綠洲湖泊，像是築起海市蜃樓，我感到說不出的渴，哽澀的喉頭難以發聲。但我不要飲水，我想我需要的也同樣是一把火，燒掉一切，然後再帶刀騎上一匹飛快奔馳的馬。

四

走出戲院就看見小眉和小顏蹲在地上整理東西準備收工。阿宣道：

「這麼快就要回去了？」

小眉一抬頭我們才發覺她的眼睛都已紅腫，顯然大哭過一場。阿宣掏出一根萬寶路叼在嘴中：「阿標在哪兒？我去找他！」

小眉只是淡淡垂著頭：「幹什麼？沒事的。找他作什麼？」

阿宣道：「還說沒事？我要教他不敢再來找妳麻煩。」

小眉把臉埋在一堆衣服之中，轉身走到車旁，倚著車廂蓋，路燈打在她的頸後方上，肌膚變成透明一般可見到淡青色的血管交錯，挽著髻的後腦勺對著我們，她開始喃喃自語地念著一大串：「有些事你眞的不會懂的。我自己也不知道爲什麼就是這樣子一路走下來，老想改，可是改不了，心裡煩得很，那些東西就好像是一直黏住我不放，跟在我身後。你不像我，你還年輕，什麼事都還可以反悔，丟掉，說了就忘。但是我已經知道我一輩子都不會走出去，我每天想我這樣是不行的，要改，要拋開，可是第二天那些東西又回來，趕不走的，連自己也搞不清楚爲什麼要這麼做，自己氣自己氣得半死，可是沒用，我想我已經看透了，這就是我，如果沒有那些過去，我也就不是我了，這樣想就算很蠢可是也會覺得甘願一些……」

她喃喃念了好久，才抬頭漠然瞪視街對面的霓虹，她的眼神讓我非常不舒服，就像我已許久不敢正視我母親的眼神一樣。我對母親的印象總脫離不了在美國家中的那片巨大的玻璃窗，窗外有舊金山灣蔚藍的海洋，背景是罕雨的高遠的晴朗天空，他們說可以見到魚從海面跳起，可能是因爲魚在海中待久了也忍不住有飛躍海面的衝動吧，可我卻從沒見過。母親倒見過好幾回，她幾乎天天都對著那片寬大薄亮的玻璃發呆。有一回我聽到她對著窗發出低低的啊的嘆息聲，等我望向海面時只見到一點白花花的碎沫在波間沉浮。

「跳得那麼高啊！」她像在自言自語地讚嘆。

多半時候她的眼神似乎落在異常遙遠的地方沒有終止，看著她我就會覺得是無聲無息地落入遼遠的太平洋。但她偶爾也是高興的，那是當她又和某無聊的太太逛街回來，手上提著大包小包的衣服鞋子，她會很愉快地跑進房間換給我看，然後一整晚就像個模特兒似的扭著腰在客廳走來走去，微笑哼著她那個年代的歌曲。看她這樣快樂我心裡卻是很悽慘的。有一回她買了克莉絲汀·迪奧一系列的紅色皮包，由大到小排在我面前，說：

「看，這是今年最新款式，還好我去得早，要不早就被別人搶走了，所以我乾脆一口氣把整個系列買下來……」

我瞪著大大小小一般艷紅的皮包說：

「這些錢夠阿宣家吃三個月了。」

她馬上沉下臉，拉高聲音：

「誰准你和阿宣來往的？你有沒有出息啊，和那種小孩混在一起。」

我二話不說就拿著我的雜誌上樓去，躲在房間，一直過了九點都沒下樓吃晚飯，我想媽媽大概又會找哪個太太去瘋狂採購好洩憤。九點半我下樓去廚房找東西吃，卻看見她坐在餐桌前愣愣地對著一桌食物流淚，我沒出聲，又悄悄走回房間去。那是我第一次見到她流淚。

暑假一到我沒稍做遲疑就逃離那所房子，回到台灣，而她說回台灣只會和爸吵架，寧可留在一百多坪的屋內除草種花。昨天她打電話來說家附近開了間購物中心，「很多名品店，我幾乎天天約了王太太去，去喝咖啡什麼的，喝那個Espresso，但又怕喝多了老睡不著覺。昨天買了 BALLY 的鞋子，還買 POLO 休閒服給你，正在打八折……」，她的聲音有氣無力地叨叨陳述著，而聲音背後卻是非常安靜，我想現在電話一頭的那個家裡只有她一人對著一櫃子上千雙的鞋子，互相在夜中默默散發出皮革的氣味。

接電話時爸爸恰好帶著他的女人回來，那女人彎腰脫下高跟鞋，掃了縮在沙發中的我一眼就逕直走到廚房開冰箱，傳來清脆的杯盤聲。爸爸鬆開領帶坐在我對面的沙發上看《工商時報》，母親遂在電話中沉默下來，過了幾秒才說：「你爸回來了嗎？……」我討厭她突然像做錯事被抓到的小孩般膽怯起來，便不吭氣，她說：「那——沒事的話，就這樣子吧。看看怎麼樣再聯絡吧——」要掛之前她才又急急說：「你要是無聊就快回來，學校也要開學了啊——」

掛了電話我就和阿宣出來混到現在，希望回家時爸和他的女人已經睡飽出門上班。爸的眼神是什麼樣我似乎連想都沒想過，奇怪的是越親近的人你就越不敢看他們的眼睛，怕會看出陌生而不願去認識的成分來。就像小眉現在簡直是另一個星球上的人，我呆立一旁不知如何向她開口，阿宣仍是陰沉著沒有表情的臉。小顏忽然抱著堆衣服像火車頭一樣沒頭沒腦衝過來，推開靠著車廂蓋的我，大吼：

「擋什麼路啊你！」

我莫名奇妙道：「幹麼這麼凶？」

「凶？還怪我凶？那你們算什麼嘛？整天擺著個死人臉，世界末日了嗎？我告訴你我眞的已經很厭煩看到你們了耶！」她又捶又踢車子，砰砰地響，白色的車身印上好幾個腳印，「我還不到二十歲耶，我還有好幾十年要活，我不要跟你們這樣過下去啊！我寧可自己走得遠遠的，省得看你們哭喪著臉……我眞不知道你們幹嘛還要活著……」

然後她嚎啕大哭起來，從喉嚨中湧出像嘔吐般的喘息聲。過好半晌，她才轉身坐到車中，臉上的妝已經花成一片，眼圈暈開像熊貓，我聽到她不斷唰唰抽出面紙來大力抹臉。

「沒事了，回家睡覺吧。」小眉溫柔地抬頭對我們說。

五

已是凌晨。天空現出奇異的藍光，混雜著暈濁的粉紅，我坐在摩托車後座，抱著阿宣，從他的肩頭望向即將甦醒的台北街頭，因一夜未睡而有些燥熱的鬱氣翻攪到胸腔。清晨的空氣並不如想像的新鮮，陰涼中帶著股黏膩軟綿綿地附著在肌膚上，揮也揮不走。我瞪視前方高樓大廈後漸漸發白的凝重的天空，隨摩托車奔馳的速度愈行愈近，突然想若是一頭撞進這方狹窄的天空也罷。可是那些澱積一氧化碳的笨重灰雲卻呈弧狀一直壓在我頭頂的上方，我仰著頭只覺頸項部位出奇的痠痛。

阿宣沒有騎回家方向的路。我問：「你要去哪裡？」

「找阿標，我知道他通常在哪裡。」

「你瘋了?你幫不了小眉的。」

「事情一定要解決。我不要這樣忍受下去。」

「你想清楚，小眉值得你這樣作嗎？」

「不是值不值得。我只能這樣作，否則我不會快樂。」

我不再問，因爲越來越清楚有些事我確實難以理解，尤其是有關他人生命底層的東西，總是障蔽著飄忽的薄膜如繭。阿宣亦緊抿嘴不多言，風撕著他的髮，髮際間有淡淡塵土汽油的氣味，我總是記得他的味道，甚至在美國我幾乎已記不清他的眉眼的時候，想起他我卻還能感覺到這股氣味緩緩地爬行入我的氣管胸腔。我貼緊他的背，閉上眼大力嗅著滲透進他的脊背的台北污濁空氣，摩托車的排氣管在我腳邊噗噗噴煙，整個世界都像沉浸在莫名憂鬱的深藍海水，我是咕咕冒著氣泡在與阿宣相濡以沫。

阿宣彎進長春路一條陰暗的巷弄之後把車停在一家遊樂場門口。七彩的燈光從漆黑的玻璃門投射出來，照在阿宣的臉上有奇特光芒，他掀開機車椅墊，拿出一把長長尖刀，我呆住，然後在門口抓住他：

「不要這樣！」

旁邊一間理容院的皮條客坐在板橙上吃花生，看我們一眼又掉過頭去繼續喀喇喇地咀嚼。阿宣甩開我的手：

「你別管！你不幫我就滾回去！」

我從他身後捆抱住他一雙臂膀：

「我不回去！你不可以！你會被他殺死！」

「我不在乎！」他喘著氣：「幹！我又不是你要繼承老爸遺產！死就死！」

「你不可以！」我覺得我已經看到阿宣躺在血泊中，那畫面讓我快要掉下淚來。

「幹！你滾！你滾回美國去！回去作你的大少爺！你管我的事作什麼！」他手上的尖刀在我眼前晃成一片光亮。

「我決不放手！」

一股血液霎時全噴湧到我腦中，我大吼，「我走！我走！你叫我回去哪裡？」我猛然把他往玻璃門一推，「你還有個家，我什麼都沒有！你去死好了！」

我轉身往街上絕望走去，聽見背後那扇門開啓的聲音，叮的清脆一聲響，阿宣阿宣，我在喊你可你都沒聽見，你總只是瞪視著前方。我走出巷子，清晨薄薄的陽光撒下，躁人的微溫逐漸在游移粉塵的空氣中升高。我沿著紅磚道走著，地面在我腳底下浮動。

我現在獨自走在清晨的街道上，賣早點的店煎著碎肉漢堡，刺鼻的油煙氣追來，我突然想到最後一次見到阿宣的妹妹，她頂著削薄的短髮背著黑色小背包，在巷口向我們說再見，一個人就轉身這麼走著，著紅色短裙紅色緊身上衣的背影好像已經在外流浪許久般透著晦暗。我有點餓了，想到或許她也像我一樣帶著空蕩的胃走在街頭，而爸爸和他的女人一定還睡在那張軟綿綿的大雙人床上未醒，阿宣的爸爸在牌桌上抽煙推麻將，阿宣的媽媽蹲在廚房的地上剃豬毛，大鋁鍋中沸騰煮豬心豬肝豬腸，而阿宣此刻可能已經臥在腥臭的血泊中，我感到胃在不斷地絞痛收縮。陽光中我見到的是舊金山起起伏伏的街道，金髮的外國人頭戴護盔騎腳踏車從我身邊疾駛而過，叫囂著，我只想開我的跑車撞死他們。媽媽說不可以輸給外國學生，因爲沒有哪個中國小孩在美國不是資優生的。所以校慶晚會我穿著五百元美金的西裝上台去表演小提琴，大家都笑著鼓掌，分不清他們是在嘲笑還是在讚美，母親當然是笑得最開心的一個，但我知道我不會變成林昭亮。而蕭邦又干我何事?琴聲的拉扯卻讓我憂鬱得快死掉，我只想學小顏大吃一場。母親在家裡總聽江蕙的歌，聽到皺緊眉頭彷彿她就是那個苦命無依的酒女，然後早晚仍不忘塗上蘭蔻的眼霜以防止皺紋眼圈出現。其實只有阿宣對我是誠實的，他說我穿上那套西裝好像陳雷，如果有五百美金他就能夠飛到美國，可是現在還有一層兵役的限制，怪來怪去只能怪他爸爸沒有及早把他送出國去。

「幹!他整天只會夢想我要上大學，他好去展寶——他要把我送到美國的話，早就給他拿個什麼士的回來了，幹!害我考那麼多次聯考，結果現在還窩在專科裡面混，畢了業還要當他媽的兩年大頭兵……」

可是出國到底有什麼好處?我問阿宣。他歪著頭想了一會兒才說只是想飛到這個世界的上方看一看，嘗嘗離開的滋味。

「不過也許我上了飛機還會哭呢!誰知道。到時說不定還會想起這裡的種種好處。」他聳聳肩說。

我走到一間便利商店門口，坐在門口擺置的木椅上許久，路上來往的車子慢慢地愈來愈多，漸熱陽光中有戴著白色口罩的摩托車騎士深鎖眉頭在焦躁穿梭。一群中學生拖著大書包從我面前霹啪跑過，追著一台噴烏煙的公車，車上乘客已經滿溢到窗外來壓得輪胎傾斜一邊，那群女學生喘著氣手中拿著英文課本一邊背單字一邊上學校的暑期班去了。大家都在忙碌，只有我無所事事坐在此，我突然間覺得我一定要離開這個大氣層才行。我從口袋中摸出一塊銅板，然後打電話給小顏。她一面打呵欠一面接電話，說她正準備上床睡覺。

「別睡了，出來吧。」

「你瘋了。玩了一夜還不累啊！我睏死了。」

「妳不是想去加州嗎？我帶你去。」

「什麼？」她似乎清醒了，咯咯笑著說：「我看你眞的是瘋了耶。」

「我說眞的，我有錢，我買飛機票給妳。我們可以去迪斯耐，好萊塢，大峽谷，想去哪兒都行。我帶妳去。」不知爲什麼，我覺得我一定要讓小顏看看天上的白雲如叢叢冰山聳立在身邊的模樣。

「你，」她慢慢地說，「說眞的？不是開玩笑？」

「當然，妳快出來，我們去辦手續。」

「你眞的要出錢？不後悔？」她還是不敢相信。

「妳再囉唆我就自己走了。」女人眞的是很煩。

她在電話的那一頭歡呼起來，問我在哪兒，說馬上就會帶著她的所有證件過來，叫我千萬不可耍耍她後就一個人偷溜走。掛了電話我覺得舒暢多了，我掏出一根煙快樂地抽著，想像帶著小顏遠走高飛的模樣，她在雲端上說不定會感動地大哭一場，因為她一直都是那麼神經兮兮的，當然一定要帶她去迪斯耐，到那個只有歡笑陽光和童話卡通的地方，她鐵定待上一個星期都不肯出來。

小顏在十五分鐘後開著那台白色 SUZUKI 出現。她興奮地在對街朝我揮手，然後穿過來往的車子，跑到我身邊坐下，一邊喘氣：

「全部證件都在這兒——我老姐還以為我要跟你私奔呢。」

「好極了，我們現在就去辦。」

「喂，」她看著我把證件塞在牛仔褲口袋中：「我們什麼時候去？去多久呀？」

「馬上就走，多久都成啊——」我想到那個一百多坪的家就覺得一年不回去也無所謂：「半年？一年？美國那麼大，夠妳玩一輩子。」

「去那麼久？」她叫起來：「那怎麼行？」她忽然瞇起眼歪頭看我：「你不是在跟我求婚吧？」

「妳真的很煩耶——」我別過臉不看她，有預感自己流浪天涯的美夢正在破碎。

「不是啦。」她嘟起嘴：「我要走也得一個月以後才行。現在是賣衣服的旺季，我走了我老姐會殺死我，我也不行去那麼久，我看報紙說美西只要十天就夠了，去半年我老姐不瘋了才怪。」

「妳有沒有搞錯?是誰剛剛還又哭又叫說不想再這樣過日子?不要再看到這些要死不活的人?現在開口閉口離不開妳老姐，妳搞什麼鳥東西啊妳?」我越說越大聲，心裡卻絕望得很，肩上彷彿有人在給我一點一滴添加重擔，壓得我又掉回到現實裡。

「不是啦。」她狠命搖著頭：「我是說我們只是去玩玩而已，還是要回來。你以爲大家都像你這麼沒責任感，說要離開就離開啊……」

我瞪著她停在對街的 SUZUKI，車身還留著她踢的大腳印，我把證件掏出來丟還給她。她愣了半晌，又開始沒完沒了地哭起來，幸而今早她來不及化妝，要不又會變成一隻嚇人的大貓熊。

忽然一輛摩托車停在我面前，是阿宣。我僵硬地站立著，眼睛卻飛快地掃了他全身上下一遍，完整無缺，連滴血也沒有。我整個人一瞬間遂鬆軟下來，很想俯向前去抱住他。我垂下了頭靠在身後的騎樓柱上。他跨在車上看了看小顏，然後說：

「我找你找半天了——這是怎麼回事?」

我不答話，只是呆呆地瞪著對街 SUZUKI 上凌亂的黑腳印，說：「阿標呢?」

「他不在。可能是嚇跑了。」他不在乎地聳聳肩。

「喔。」我沒說什麼，心裡卻湧起一股難言的委屈，阿宣這個傻瓜。

小顏抬頭慢慢說她要回家了。她站起身，舉步走到路中心時卻停住，回頭望著我，似乎想說什麼，可是一台大公車駛來把她的身影遮住，公車走時我看到她已經坐在駕駛座上發動車子。我想在那一刻她可能是對她的抉擇感到有些後悔吧。我們注視著她的車緩緩駛入壅塞的街頭。

「上車啊。」阿宣說。

我順從地跨上摩托車的後座，靠在阿宣的背上，閉上眼。早晨的車子實在多，阿宣的車一頓一頓地繞行，我微睜眼瞟了一下四周的摩托車陣，問道：

「你怎麼有那把刀？」

阿宣笑著說：「你信不信我還殺過好幾個人？——台灣人實在太多了。」

「可是你幫不了小眉的。」我說。

「我知道。」他按喇叭叫一台擋住右轉道的計程車滾開。

我安心地閉上眼靠緊他的背：「那你當完兵一定要去美國找我——不過美國人也太多了，最好我們再一起飛到歐洲去，要靠近北極圈，就沒有人了。」

阿宣說我們還可以殺北極熊烤來吃，在茫茫雪地裡兩個人升起一把大火的滋味一定很溫馨。我嘆了一口氣，阿宣阿宣，我默默喊著他的名字。

他突然回過頭來問道：「那現在要去哪兒？」

我軟綿綿依附在他背上，想了一下，才說：「回家吧。」

阿宣沒有反對。我想我們都很疲倦了，要回去大睡一場，也許，也許到了今天晚上我們又會壓抑不住自己想飛的衝動，但那卻是十幾個小時之後的事了。現在我們擠在晨間上班上學的車陣中蝸行，天空有太陽，所有的生命都睜開眼在呼吸，和這個人擠人的世界相比，高空飛行或許還眞的是一件寂寞的事情。

兩地

星期六中午的陽光在玻璃窗上撒著霧濛濛的金黃，空氣中彷彿有什麼東西在不斷分裂，嗶波作響。他和她坐在餐廳二樓臨窗的座位上，一個遊行隊伍高舉著長條標語從街的紅綠燈那邊迤邐而來，經過底下時他側過頭去看著。她的筷子停在黏稠的京醬肉絲上方數秒，然後放下，她說她剛才辭掉了三年的工作。

「不想再繼續這樣校對雜誌地過一輩子吧。」她解釋。

「那妳想做什麼？」

「不知道。」她微傾著頭注視桌面：「想出去國外走走，我存了筆錢。」

「妳小說看太多了嗎？」他笑著問。底下一個戴眼鏡的男子頭綁紅布條站在貨車上拿擴音器大喊：還我尊嚴，還我尊嚴。車陣緩慢地行駛過去。

「不是的，只是想出去放鬆一下而已。」她伸過手來握住他的手，補充一句：「就去幾天——我最近眞的是太累了。」

在他沉默的時候，她忍不住從皮包中拿出各個旅行社的比價單，行程的設計安排，地圖上用紅筆反覆畫著數條粗線，他才發現她已經計畫了許久。

「我會送妳到機場的。」他耐心等她敘述完不下十種的路線規畫後說。遊行的隊伍已漸走過，只剩下幾個人手中拿著小旗散落在後，不經心地左顧右盼著。他忽然想到自己念書時對政治參與的血脈僨張，解嚴那些年還參加過幾次靜坐抗議，流著淚和一群陌生人齊聲吶喊，全身如發燒般地滾燙，死亦不足惜，眞難想像現在的他對這個遊行隊伍的主題是什麼都還搞不清楚。大家的意見實在太多了，他模糊地想，有時眞該好好控制一下才對。

「我會寫信給你的。」她說，然後頓了一下：「我們之間應該多寫信。」她知道自己在很多事情上形諸於筆墨要比口說來得透徹許多。其實決定要遠離的部分原因也是探測他心裡究竟在想些什麼。沒有我的時候他是怎樣的一個人呢？她覺得好奇。

「我們從來沒有寫過信吧？」他忽然訝異地問。兩個人相視神祕一笑，像是發現到對方身上竟然還藏著一大片陌生不識的角落，便開始期待分離的那一刻了。

遊行隊伍遺留下來的傳單散落一地，一個脫了隊的男子蹲在安全島上，褲腰插著把小三角旗，右手正使勁地把便當裡的飯划入口中。她想像著一個月後的自己坐在異國的噴水池廣場上，獨自在滿天飛舞的白鴿裡啃著冰冷三明治的模樣。

這次遊行的主題到底是什麼呢？他想。

一、雪季

「這是一座小小的沉默的山鎮，白雪日復一日在此處忠實地下墜、堆積。俯在旅社冰涼的窗玻璃上，就像在看一場無聲無息的老式黑白電影。然而卻沒有戲院中舊電影的腐霉氣味。這裡什麼都是潔淨到沒有熱度的，血液體溫連帶靈魂都被淨化了一般輕盈。」

妳的這紙褐黃信箋到達我手上時，已經喪失了北地裡的寒度。我打開狹長的落地窗，燈未捻亮，臨晚的青鬱光芒沉沉落在再生紙的信箋上。席地而坐，我開始吃力地辨認著箋上妳潦拓的字跡，知道妳隨興去到一個北地的小鎮。

「我是刻意去找一個地圖上沒有的地方。但發現這眞是困難的事，現在的科學精密到令人無所遁形，於是我決定換一張粗糙的簡圖，沒有文字的部分由我來摸索塡空。」妳說。我可以想見妳那兩隻晶亮的眼睛，在陌生的荒涼道路上灼灼發著光。

我仍然捧箋席地而坐，掉過頭，望向窗外的水泥公寓，數台抽油煙機上下一齊隆隆作響，煎炒油炸的氣味在公寓與公寓之間的樓層遊蕩。有一大片烏雲飄過來，空中澱積厚重水汽，我想就快要下雨了。

室內已然漆黑。我起身轉開日光燈，刺眼的白光逼得我緊眨住雙眼，在那一剎那，我想到妳所在的那座白得發亮的山城，只可恨至今我仍然未看過雪的模樣。

窗外響起雨滴答掉落的聲音，濕且寒冷。我眞的無法想像有什麼會比這更冷的了。

二、陽光

清晨我是被旅店老闆的宏亮笑聲所驚醒。打開床邊的小木窗，從二樓俯瞰老闆光禿紅潤的頭頂，他正站在店門口喝冒著熱氣的咖啡，不知因何而笑？外國人為什麼總是非常快樂的模樣呢？這似乎也是我要出走旅行的原因之一。我趴在窗櫺上，迎面撲來的寒氣吹得雙頰發痛。電視裡的晨間新聞在討論是否刑罰一個屢次幫助病人自殺的醫師，我大力嗅著窗外雪的氣味，無可避免地感到有些落寞。

下樓去吃早餐時，老闆娘將你的信放在餐盤上，連同煎蛋鬆餅和新鮮柳橙汁一道送來。我打開你的信箋佐餐。老闆娘在送來最後一道剛煮出來的濃郁咖啡時微笑著問：

「從中國來的信吧。」

「不，是台灣。」

「妳不是中國人嗎？」她對台灣這個遙遠的地名感到困惑。

「台灣人也是中國人。」我簡單地解釋。雖然應該再加上一句「但台灣人和中國人又不一樣。」可是我不想增加她的困惑。

「中國字是世界上最美麗的文字。」她讚歎著下了結論。我點頭贊同，幸而台灣和大陸都使用中國字。

我和你目前唯一的共同點好像也只剩語言了，我們都用中文來思考交談。我可以輕而易舉讀懂你信中的意思，卻不知道能不能讀到你的內心。你的人對我而言就是這張薄箋上墨黑的文字，我必須靠著字與字來堆砌你的形象，你的體溫，你的情感。這種建構的工程需要豐富的想像力，然而在幾千里之外的台灣是否仍然存在呢？我的想像力在空中漂浮動搖，就要如同一陣煙般蒸散掉了。

「台灣已經很久不見陽光。我每天從羅斯福路走過，貧血的木棉淌著酸雨。我想我是在享受這種沉重的感覺，連空氣都是凝重的。捷運遮住了大半的天空，現在連飛翔的慾望都沒有了。我晚上躲在房間聽古典音樂，吃排骨便當。效仿鄧肯的舞姿在床與書桌間天昏地暗旋轉。報紙有海地盧安達戰火頻傳的消息，很多人在這個世界上的某個角落餓死了，我運用想像力告訴自己，生活已經無須奢求，因爲至少我很快樂地在三坪不到的房內追蹤妳到處流浪的腳印。」你的信透露出一種樂觀的訊息。

但是我還是寂寞。現在並非狩獵的季節，沒有遊客，我將你的信塞入大衣口袋，走出冷清的旅館，一個人在湖邊的雪地上晃蕩。湖上也是雪，雪地連著雪湖連著雪天，白得泯沒了疆界，「想著妳，我就會覺得我們之間並沒有距離。」你信中如此說道。是否在安慰我或你自己呢?事實上是你的影像和我執意遠行的目的都在逐漸模糊當中。我雪地裡寫一百遍你的名字，大喊一百遍我愛你都沒有作用。

陽光不知會不會來到這個雪的角落。老闆說夏季此處竟可達到攝氏三十度的高溫。但我想我是位在天涯之際，炎熱的北回歸線只是地圖上一條不可觸摸的幻想之線而已。

三、飛行

妳在二月底的時候飛過洛磯山脈，「從飛機上看整齊的街道和屋舍，竟然覺得發昏作嘔。過度的秩序是令人無法忍受的事情。」我猜想著妳喜好出軌的個性，而妳在遊走，我在等待。等什麼呢?妳的窗外是連綿不斷的積雪山脈，而我的窗外是一株不會移動的凋落的香楓，我想我的等待是不會有結果的了，因爲我們是各自開了一扇相背的窗在欣賞風景。

白晝的光線隨著時間的轉移而改變，現在恰好照射在我慣常席地而坐的位置。室內室外俱是沉默，只有遠處高架橋上車輛奔馳的聲音，但對周遭的寧靜沒有任何影響，那些聲音遙遠得如同來自另外一個世界，與我位在不同的次元。現在的妳似乎也是這樣。

「很想見到你，摸你的臉，大聲地跟你說話。」可憐是我們的分離更見證了肉體的需要。我每天坐在書桌前寫信，然後走路到郵局寄出，信箋上的語言像是自己編造出來安慰自己的夢囈。我跟妳談讀書，談電影，談心靈的溝通，談超越時空的精神交流，談永恆。談到後來，夢愈築愈高愈遠，自己都不可思議人格可臻於如此崇高。其實我仍然只是一個每天吃排骨便當的無聊男子而已。

「坐在飛機上，將你的信反覆拿出來閱讀，四周的人都蒙著毛毯大睡，寧靜非常，唯有我仍與你無聲交談。在這個異鄉的國度裡，因爲陌生，所以更加體認到自身一言一行的存在，寫信給你就成爲了一種反芻內在的工作。我必須誠實地向體內挖掘下去，然後具體化成文字來告訴你，我們之間的意義即在此，不必談愛情談思念，而無人可與之比擬，因爲你已是如此清晰地掌握住我每一線思緒。」是啊，我知道妳對文明的撻伐，「那是生命枯萎的前兆。」妳對維多利亞海岸的讚歎，「倚在渡輪的欄杆上，海水藍得讓你覺得生命眞是無可限量。西雅圖、溫哥華都不過是一個出發點而已，我可以不斷往前行去，沒有天涯海角。」我像在閱讀一本書，看著妳的影像在繁複的文字中漸淡漸遠，而妳的思緒卻日加深邃龐大，我認識妳嗎？我不禁自問。

窗外開始下起雨，滴滴答答，黑暗的室內漫進來土地躁鬱的溼氣。我躺在床上，感到興趣的是妳隱秘的情慾，而非反覆操作辯證的思考邏輯。但我知道妳是不會對我言明的，就如同我不會告訴妳，在那些難眠的焦躁的夜裡，我是如何撫摸著自己在溫熱喘息中模糊入睡。

「我總以為分離對我們之間不會構成威脅。所以我雖離開已久，然而精神仍與你共處，沒有一刻歇息。」

我緊擁著棉被，開始闔上眼倒數妳的歸期。我的夢境充斥著大大小小各種顏色的洞，然而都是空，而妳眞的好像只化作一陣煙霧，緩緩飛散入無垠的黑暗中了。

四、夢境

夜半我從夢中驚醒。夢中的我是在異鄉的山裡滑雪，獨自從山路不斷迂迴繞行下去，飛速轉過一個又一個寂靜的彎角，我一直以為會見到人了，然而沒有，整座滑雪場似乎只餘我一人，我忍住想哭的衝動，顫抖著滑行到終點，卻看見同行而來的友人已從遙遠的停車場駕車離去，我拖著笨重的雪屐吃力地追趕著，然後在喘息中驚醒。

身旁的喬治仍在沉睡。我轉過頭看他金色的髮，赤裸的背脊，夢中那想哭的感覺又眞實湧上來。我爬起來坐到桌前翻出你的信箋，捻亮燈，暈黃燈光下你的字跡如同來自另一個世界。

「這些日子唯有氣定神閒四字可資描繪，連想念妳也變得十分從容。我想妳總是還在這世上的某一個角落，所以思念太過也無濟於事，不會改變任何事實。只怕如此一說，妳要責罵我將妳淡忘了。其實是因妳我生命已深刻交融，妳亦是我、我亦是妳，所以思念反而是白費力氣的多事之舉。我只要觀照我自身的內在就能見到妳，無須再去猜測妳的身或是心。」

我的肌膚上仍殘存喬治汗水的味道。但我卻要分裂我自己，提起筆來告訴你我對於理想生命的渴望，去與你貼合，而不顧在一個小時之前我縱恣狂熱的一面。我開始為我的夢境啜泣，因為夢中我所焦急尋覓的人竟不是你。我恐怕與你相交融的一面正在逐步模糊，終至要連自己也不識。

黑夜中獨獨這張沉褐的橡木桌處還點燃著光亮。屋外是農場，白晝看來就如同大火燎燒過一般荒涼，然而現在四野俱是黑漆如懸起布幕，遮在眼前，我懷疑自己雙目是盲了。惟有喬治豢養的馬匹的吐氣低鳴聲還如針斷續穿透黑暗而來。明天早上我就要告別這所農莊繼續前行，到那時喬治會用他那雙海水般澄藍的眼送我越過荒原，風颳枯草一路搖至慘白天邊，今晚的一切將會變成一段夢境，沒有人再去追想提起，當然在另一個世界中的你終其一生也不會知道。我只是千萬日子中曾在此投宿三夜的東方女子。

「有時想想妳回來與否的差別何在?我現在習慣一個人走路去漆黑的戲院，再一個人走夜路回來，妳若在我身邊，街頭的我就可以不再沉默孤單。然而我們要訴說些什麼呢?對妳我開始只習於用筆了。我竟爲這莫名的疑慮憂心許久。總之妳還是盡速回來吧。」

我在記憶中極力要擠壓出你的面容，結果只有一筆畫下的輪廓，你的眼是空然陰鬱的古洞。我們有多久不見?一年?或是半載?連台灣那承負千萬人的島嶼都如一葉舟般在我的想像中飄浮。我是來自何方?爲何而來?遺忘的速度將歷史抛諸腦後。

我開著車飛駛在空蕩的高速公路上。內華達州擁有全美最巨大的天空，罩在我的頭頂上如海波淹來，我朝向西方海的疆域奔馳，空中漸加濃冽的鹹溼氣息隨著呼吸潛伏入體內，這是回歸的方向。

五、邂逅

眞正臨到回來的日子，反而惶惶無措。他在機場乍見到她的時候，有些吃驚，似乎和自己所想的變了樣，但她戴了頂紅色的毛帽迎面笑著走來時，確是她。兩人立著隔了道行李築成的牆，她忙碌來去搬運，不敢正視他，只是不斷地瞇起眼嚷著行李重路途遠餓死了一類的話。

車上她詢問親朋好友的狀況，一路數下來，發覺兩人共同相識的人都已問完之後，她沉默地望向窗外，手指輕敲著玻璃，心中焦躁地想怎麼會這樣，血管如充滿空氣浮浮竄流，搔癢難安。車內巴哈的音樂反覆迴旋，越拔越高越烈，牽扯的音節困在這一方圓弧空間裡來回撞擊，越發將他們二人的沉默浮升到半空，緊張地懸掛在音符與音符連結的細索之上。

晚上他在蕭邦鋼琴曲的頹頓重音下小心翼翼地爬上她的身軀。她非常溫柔地迎合過去，一次又一次，無言地起起伏伏，心底有湖般的冷靜。她想起那個遭雪淹埋的無邊冰湖，然後側過臉去，連想哭的力氣都沒有了。他起身倚牆坐著。多雲的夜月光黯淡異常，她只能見到他垂著眼的輪廓。她想說再讓我走到遠方，我們把彼此昇華得太高，見面反而是破碎。他想說我們的相互了解原來只是自說自話的幻想，我只認識信中遊走的妳，當妳在我身下時卻像是個偶然邂逅的陌生人而已。但結果是他們什麼也沒說。

第二天他送她到車站去坐車。她背著帆布行囊要回南部老家，囊中原本放置他寫的信箋處現已為她寫的信箋所取代。

「其實我們的信都只是寫給自己看的，所以應該各歸其主。」

她上車的一刻特意回頭去搜尋他的身影，可是已然淹沒在人群中不見。台灣冬末的陽光依舊灼亮刺眼，她抱著沉重的信箋坐著，箋上的文字變成虛構的小說，整車昏睡的乘客都是與她瞬間擦身而過的奔走旅人。

而他也只是一個一閃而逝的路人而已——在晃動車窗的外面與她匆忙邂逅，跋涉的路程共同交疊剎那，然後就繼續反向前行。窗外朦朧的景物在陽光下蒸發，隨車身跳躍模糊，她遂選擇一不知名的地方墜入沉沉的睡夢裡了。

二三〇〇，洪荒

公元二三〇〇年，當科學帶來的滅亡摧毀了人類自大的信心，巫術又再度取得地球的統治權，一如數千年前的埃及祭師和中國殷商巫師，人類的歷史正以循環的方式在前進著。古書上的話語彷彿是在爲數千年後的我們預言。

仰視宇宙這一幕燦爛的光華，所有的星球都以相同或相異的關係互往牽引，形成和諧運轉的軌跡，唯獨我是其中脫了引力的那顆微塵，在黑暗中漫無目的地流浪，擦撞，爆出火花。那永恆且不安的追尋。

I、晚安（Good Night）

Love loves to rove
God made it so
from one to another·,
dear love, good night!·

我和妹妹來到 w173.tp.tw。

三百年前這裡被稱作西門町，繁華的慾念曾經燃燒出整個天空的霓虹，然而現在卻只剩下一片荒蕪了，唯一還保存著的是一座口字型的天橋，以供後人憑弔過去的榮耀，但是因爲天橋原本建築的簡陋，頂多只能被列爲D級古蹟而已，所以前來遊覽的觀光客實在不多。我和妹妹卻喜歡到這兒漫遊。搭上超音速捷運，肩上的背包裡放著掃描相機和一罐高氧機能飲料，我們奢侈地耗費一個小時的時間來到天橋之上，有時候竟是什麼也不做，只是坐著閒閒晃盪雙腳，想像自己初初來到這個世界的模樣。因爲這裡是十五年前療養院院長撿到我們兩姊妹的地方。

這座累積三百年歷史的天橋已被政府改建成爲一個博物館，四周用透明的玻璃帷幕包裹起來，就像是一個發出光亮的蠶蛹，一整列液晶螢幕沿著牆壁排開來，各自顯示出不同的古老西門町的畫面。我趴在一個螢幕前面，螢幕右下角顯示時間是一九九七年五月三十日下午七點，我用手指輕觸畫面上夾雜在天橋人群裡的某個長髮女子，然後追隨住她快速移動的腳步。那女子腳穿當年流行一時的大麵包鞋，窄管七分喇叭褲下露出骨瘦的腳踝，污濁的空氣不斷湧上她的臉龐，從毛細孔孵育出大大小小的青春痘來（這項病症曾經是三百年前人類的一大困擾）。那女子皺緊眉頭，走下天橋，然後推開一間幽暗賓館的大門，逕自走上二樓，她敲了敲其中的一間房門，一個看起來很糟的老頭子馬上打開門，伸手把她拉了進去，螢幕最後定格在老人長著粗黑指甲的手背上，嘎然停止，一秒鐘之後，畫面又跳回到一九九七年五月三十日下午的那座天橋，來來往往的人群你推我擠陸續湧到螢光幕前來，而那個我曾經追蹤過的女子，則應該已經躺在賓館內散溢霉味的床鋪上，扭動著赤裸的身體呻吟著吧。然而這些不宜出現的畫面，顯示系統的監控裝置都會自動過濾，把它們切除得一乾二淨。

我和妹妹經常待在這裡，一整天玩著這種追隨古人的遊戲，看看過去的人類都在做些什麼？但大多數的時候不免失望。那些西門町天橋上的人們似乎只有三個去處，電影院、餐廳和賓館，而當他們一走進那些幽暗的空間裡，畫面就斷然中止。可以想見的是，過去此地潛藏著太多超乎我們所能認識的罪惡。這讓我和妹妹感到無比的興奮與好奇。在這二三〇〇年的世界裡，占星師登上偉岸的祭壇，和諧統一的宇宙觀征服了飽經劫難的人類，他們渴望著純淨、無菌、規律與安寧，而過度美好祥和的事物充斥四周的結果，反倒不由得使我和妹妹深深相信，我們是被錯置了時空的異類。

現在天橋的玻璃帷幕底下只有灰濛濛的砂石廢土，沒有人煙，有時我和妹妹坐在這裡閒晃一整天，也見不到一個人影。十五年前，療養院院長會在這裡撿到我們，算是我們命大，否則坐在砂石堆中的兩個天真小女孩，早就被機器警察視為可疑分子而轟成一攤肉醬了。根據院長說，撿到我們純屬天賜的巧合，那一天，她因為搭乘捷運睡過頭而來到這裡，彷彿有一種神奇的力量在引領著她步上天橋，然後她惶惶地往斜前方的深淵望去。

「感謝上帝，我看到了這輩子我所見過最美麗的兩雙眼睛。」院長雙手合十，在日後對我們回憶這一段經歷時，仍然不免感動得熱淚盈眶。

發現我們的院長馬上打開玻璃帷幕的緊急出口，迎面而來的灰土讓她一時間差點喘不過氣來。她在砂石堆中跌跌撞撞地跑向我們，一手牽起一個，根據她描述，那時我的手中還緊握一種夾著血淋淋動物屍肉的麵包，害她大驚失色，（為了保持清明與和平的心性，人類早在百年前就戒掉茹毛飲血的惡習了）幸好在奔跑拉扯的過程中那麵包不知遺落在何方。後來，經我查證，院長撿到我們的地方在三百年前稱作「麥當勞」，是一間稱霸於二十世紀地球的連鎖餐廳，而我手中拿的是牛肉漢堡，一種雖然廉價但是時髦的食物。老實說，當血肉淋漓的漢堡出現在螢光幕前時，素食多年的我們不由得舔舔嘴唇。那股動物腥羶氣息流竄體內的滋味又重新復活起來，我和妹妹血脈僨張開，聽到三百年前的嗜血記憶在血管裡噗噗的鼓動著。

於是我們發現，我們可能來自過去的時空，那種原始的呼喚沿著我們的脊椎蠢蠢爬升，觸探腦神經的末梢。我和妹妹對看了一眼，在她的瞳孔中，我見到一匹絕跡已久的狼的身影。

當院長將約莫三歲的我和妹妹帶回療養院之後，馬上占卜星象，卻找不到任何屬於我們的軌跡，換句話說，她無法在星圖中找到我們存在的根由。這一點讓她不禁駭然而且沮喪。根據《星律》第二八〇條，凡溢出星座運行軌道的人就是魔鬼的族裔，應當立刻就地消滅，以免擾亂天體，遺下後患。然而，經過一夜的輾轉難眠，清晨五點，院長披著晨縷來到我們的床前，看見雪白的床褥映襯著我們兩張粉紅的稚臉，她下定決心要僞造我們的身分證明。因此，日後在政府的檔案中，我和妹妹成為母親難產之後留下的嬰孩，屬於天秤星座的族裔。院長宣稱天秤的和諧與均衡是她的最高理想，但事實上，院長並沒有忘記，希臘女神阿佛洛迪特（Aphrodite）才是天秤座的主宰，她是性慾色情享樂與靈感的化身。

天秤小雨，天秤小雪，院長爲我們姊妹取了名字，來自中國《詩經》的典故，那首詩描寫的是一場經年累月的戰亂，可憐的戰士拖著蒼老疲憊的身軀，終於回到朝思暮想的家鄉，他感嘆著，「昔我往矣，楊柳依依，今我來思，雨雪霏霏」，而時移事往，景象全非，這是一場無法實現的回歸，永遠的流浪。所以我和妹妹也這麼來臨了，就像是雨和雪那樣的美麗，然而也像雨和雪一樣注定要四處飄離，蒸散，不屬於這個恆定的銀河星系。

於是當我們長成十八歲的少女，療養院那寬大的黑色麻布制服再也遮掩不住成熟胴體的曲線，我們提著行囊向院長告別的時候，並沒有一絲悲傷的情緒。

「晚安，我親愛的母親。」我們對她說，而她冰冷發紫的屍體沉默地懸掛在我們的頭頂上。

院長竟然選擇了一種相當古老的死亡方式。她以一圈朱紅的繩子鎖住脖子，於是當我們道再見的時候，她就在那間多年來擁抱我們入眠的房裡，垂吊在半空中，像一片枯葉微微地晃蕩著。這是我們見到她的最後姿勢。

二、冰涼的眼淚（Forzen Tears）

Frozen tears are falling

from my cheeks.
Did I not notice
that I was weeping.

現今的統治者依據個人出生的時辰，初步區分爲十二種類，然後再依上升、月亮等星座區別，如此分類下去，人們各屬於不同的星座族裔，這就像是過去的人類分屬於不同的國家一般。然而不一樣的是，各個星座族裔依照宇宙運行的模式，以一定的規律互相呼應（echo），彷彿是各種樂器共同奏出和諧的交響樂章，燦爛而絢麗，這和過去人類手執國家民族大旗，彼此血腥屠殺的野蠻景象，其中的差異不可以道里計。因此當統治者從柏拉圖身上借來宇宙的「理型」（Ideal Form）取代前世紀的憲法，國家民族的概念終於被正式推翻。人類不禁高呼這是本世紀最傲人的革命。

《星律》的前言寫著：「過去我們只有看到世界的表象，以爲自己是走在一條纖細的鋼索上面，所以小心翼翼，不必要的悲哀、緊張、憂慮逼得我們幾乎要從鋼索上墜落。但是如今我們終於知道了，我們其實是坐在一輛宇宙列車之上，寬大舒適的座椅溫柔地支撐住身體的重量，所以只要放鬆自己，注視前方，我們就會看見這個世界的表象被層層剝離下來，而內在的規律浮起，在這裡，我們終於發現生命的無窮光華。」這段金科玉律被焊在每一個角落，接受人們喃喃的背誦。而我們在療養院的一天也以此掀開序幕。

十五年來，我和妹妹被安排在療養院的病患中長大，每天早上背誦過《星律》，吃五種有機蔬果穀類攪拌成稀糊狀的早餐之後，便按照不同的星座接受教育。院中的病患都是因為對自我認知發生誤差，所以才被星象學派把持已久的教會送到這裡接受治療。這些病患最常見的病徵就是無法辨識自己在天體中的位置，這就好像在三百年前，一個人不認得自己的家人，忘記自己的名字、籍貫、地址、工作，就會被視為精神病一樣。不過幸好這樣的人並不多。當人類開始意識到自己的渺小，而向宇宙自然俯首稱臣的時候，通靈的巫師登高一呼，鮮少有人不乖乖跟隨。不過，療養院之所以越來越冷清的另一個原因，可能是這些叛離星族的人多半被視為魔鬼而綁上十字架，以古老的刑罰方式，一把烈火燒死。所以療養院的功能與存在的必要性越來越受到外界質疑。在這個時候，飽讀經籍的院長通常是沉默的，充分展現她作為一個處女座應有的服務與順從的性格，而這也是當年她為什麼會被遴選作為院長的原因之一。

療養院設立在高山的頂端，因為他們相信與天體越接近，病人越能沉浸在與上天交流感應的幸福裡。但是太過接近天體的結果，山上被熾熱的太陽灼燒得寸草不生。所以為了躲避高輻紫外線的照射，白日我們待在室內，透過染成黑色的玻璃看窗外連綿不斷的單調山谷，與夜晚絢麗的星空相比較，這個地球是多麼的貧乏死寂啊。我和妹妹經常坐在窗台上寫生，將紅褐色的顏料擠在畫布上，這個顏色讓我們想起幾百年前那個割掉自己耳朵的瘋子梵谷，他那被烈日曬得乾癟的身影，在土地上拉成一條深色裂縫。我們拋掉筆，用手指作畫，抹開顏色，這裡是高山，這裡是丘陵，這裡是平原，我們並用刀片割開自己的血管，滴下幾滴鮮血，作為河流、湖泊和海洋。

當我們作畫的時候，水瓶麗沙總是在我們身邊像隻蜜蜂嗡嗡地徘徊著。「『天人合一』根本就是一句大謊言！」她會出其不意的潛到我們的耳邊，冒出這麼一句。水瓶麗沙是療養院中最資深的病患，在過去統治者較為慈悲的時代，她被當作重度病患送來這裡，也幸好療養院的存在已漸漸為人所遺忘，否則根據現在的律法，她早就該被綁上十字架，餵養火神的烈舌。

水瓶麗沙有一頭飛揚的紅髮，她說是因為以前愛吃泥巴的原因，可是現在的泥巴沒有生命的氣味了，所以她不再吃，唯獨這頭髮色還保留有大地奔放的氣息。她說星座是人類幻想出來的圖騰，自愚愚人，所以你最好別稱呼她水瓶。不過這些話她可不會對院長說。在院長面前，她會喬裝出水瓶族裔的模樣，讓院長屢次以為她已經能夠出院，只是賴著不走。

麗沙這種喬裝的本領相當厲害。每個星座的人一誕生下來，就會接受教育模塑出屬於那個星座的人格，以便社會秩序順利運作。譬如說水瓶座會被訓練成爲一個規律且獨立的人物，智商中等的他們適合擔任駕駛員、美髮師，高等的則被訓練成爲一個中學校長。他們將會與善良敏感的巨蟹座談一場溫柔的戀愛，喜歡穿鮮藍色的衣服，家裡種植著蘭花。根據統治者的理論，這種教育方式根據各人的特性與潛能，順勢發揮，比起從前強行灌輸大一統意識形態的教育要好得太多。不過麗沙可不理會這一套，她教我們玩變換星座的遊戲，只要通過冥想，就會改變血液流動的速度，而變成那個星座的人。這套本領在我們偷偷溜去參加星座舞會的時候特別管用，我們在舞會入口處領了各個星座的貼紙，當大家憑星座尋找伴侶之時，我們看什麼人順眼，就貼上與他搭配的星座圖案，所以我們時而是端莊的魔羯閨秀，時而變成狂放的天蠍少女，一個晚上我們化身成爲十二個不同星座的人來談戀愛，眞的是一件很過癮的事情。

然而大多數的日子我們是寂寞的。當別人積極扮演屬於自己角色的時候，我們卻什麼都不是，必須挖空心思去構想，難免感到疲累。所以我們經常四處漫遊，什麼也不做，而療養院病患的身分恰好給予我們遊手好閒的正當藉口。

親愛的院長就這樣豢養了我和妹妹十五年。她曾經苦心設計我們成爲富有藝術家性格的天秤子民，但是我和妹妹好玩的天性，總是把藝術搞得四不像。我們撩起裙子跳到鋼琴的琴鍵上亂踩，又把早餐吃剩的蔬果泥糊塗在畫布上，用舌頭舐出紋路。不管如何，院長卻異常地一貫包容我們，每天晚上，她抱著我和妹妹才能安穩入眠，她的臉在我們柔軟的髮上使勁摩擦，口中發出嗚嗚的低語，「喔，我的小寵物，」就只差沒來來回回地舔我們。在如今這個小狗小貓都已經電子化的世紀裡，人們依照喜好，用程式訂做寵物，但是，院長卻祕密地豢養著我們這兩頭蠢蠢不安的活生生小獸。到頭來，沒有人敢保證我們會不會反將主人吞噬。

一年一年過去，我們越長越大的時候，發覺沒有一件藝術品比我們的身體還要美麗，我們開始拒絕穿上衣服，渾身精光地穿梭在各個房間裡，邁開鹿一般敏捷的腳大力奔跑，在空中畫出優美的弧度。我們不再模仿維納斯的雕像了，我直接用泥漿敷在妹妹的身上，貼緊她柔軟白皙的胸部、日漸茂盛的私處以及光滑如鏡的腹部，她的身體藏在泥土的後面，隨著微微的呼吸起伏著，每每幾欲破土而出。當雕像完成的那天晚上，做完占星課的院長走進房來，瞪視著我和妹妹合力塑成的藝術品，漲紅了臉，馬上一語不發的退出門去。

那天晚上山頂的空氣格外稀薄，一枚渾圓的銀白月亮恰好懸在寶藍色天幕的正中央。院長沐浴罷，走到床前，掀開了睡袍，竟然現出了一隻巨大的陽具，正挺立在她蒼白的赤裸身軀上。她朝妹妹撲過去。我立即爬起身，看小雪陷在床褥之中掙扎，而院長卻像是一隻巨大的老鷹，展翅將她完全淹埋在底下。

我幾乎是用滾的跑下床去，直奔到麗沙居住的閣樓，大聲叫喊。麗沙探出頭來開門，臉上的表情卻一點也不著急，只是笑，她問：「妳害怕嗎？」我搖搖頭，又點點頭。然後她把我拉進房裡，倒了一杯陳年的葡萄酒，要我坐下。麗沙唰地拉開窗簾，月光馬上如潮水般流進來，她笑吟吟道：「妳看，宇宙多麼浩大啊，人類卻總以為自己很聰明，可以參透宇宙的奧祕，一切都逃不過算計。」我不懂這和院長強暴小雪有什麼關係，可是那晚我居然沒有拒絕麗沙，就坐在窗邊喝了一杯又一杯的葡萄酒，而麗沙似乎一直不停的說著話，說發生在幾個世紀以前的故事，有戰爭，有飢餓，有死亡，有人類在黑暗中摸索的無助與悲哀，還有謊言與神話。

當我帶著滿身酒意昏沉沉回到房間時，院長已經不知去向。妹妹躺在床上，臉上都是汗水，見到我，她慢慢地撐開了雙腿，說：「妳瞧，我破了一個洞。」

「是的。」我說。我低下身來撫摸著她汗溼的額頭。

「有另一個生命在我的體內游泳。」妹妹摸著她的肚子，疲憊的眼睛在黑夜裡仍然灼灼發亮。「我的身體裡面到底可以裝進多少的生命呢？」她問。我們決定一起去尋找這個答案。

天亮以後，當我們打點好行李，準備離去的時候，才發現院長已經斷氣多時了。妹妹說，院長昨天射精在她體內之後，哭得厲害，一直說：「我以為我了解自己，可是原來沒有。」那時她似乎已把所有的精力都灌注到妹妹的體內，就像個洩了氣的皮球虛弱地癱在地上。然後院長在電腦上留下一行字，「我終於發現在天體運作之外，還有一股我們永遠不能知道的力量。」這是她對我們說的最後一句話。

我和妹妹不確定在那一刻自己到底有沒有流下眼淚。那種溼潤的感覺在早晨冷空氣的吹拂之下難以辨別。然而死亡的記憶在我們的腦海裡，終究必須新生。

三、夢見春天（A Dream of Springtime）

But there on the window panes
who had been painting the leaves?
You may well laugh at the dreamer
who saw flowers in the winter.

我和妹妹開始我們的旅程。

我們的背包裡只有一台掃描相機和一罐高氧機能飲料，而獲取食物的方法非常簡單，就是用最原始的身體去換取，我們要的只不過是一頓飽餐，所以很少有人不受寵若驚而充滿感激的欣喜之情。妹妹和衣冠楚楚的紳士、駝背而拘謹的電腦程式設計師，甚至街頭流浪的乞丐做愛。而我則躲在一旁的角落，用相機記錄下這一切。

他們脫掉衣服。爬上妹妹的身體。進入。抽動。喘氣。妹妹的身體就像是巨大的海綿般把他們深深的吸納進去，而他們彷彿回歸到一只溫暖的子宮，或是試管，在如蛋清一般稠膩的汁液中閉著眼睛潛泳，划動那僵化已久的四肢，於是一些古老的遙遠的原始的野性的呼喚，那所不能預知與計算的能量，一點一滴從越見急促的呼吸中釋放出來。他們開始覺得不再認識自己了，伏在妹妹的身上如同照一面水鏡，他們看見自己陌生的面容，五官扭曲，齜牙咧嘴地對著鏡的另一面吐舌嘲笑。他們不禁開始痛哭流涕起來。

「過去我從來不曾這樣。」事後他們總是羞愧地說。而妹妹則一律把他們溫柔攬在懷中，如同一個壯碩的慈藹母親。

過沒多久，妹妹的肚子漸漸鼓脹起來，我趴在她的肚皮上，聽到無數人的精子在她子宮裡面遊蕩的優美律動。每當晚上我們並坐仰視星空的時候，她會高高舉起雙腳，讓所有的星星都流進她的體內，她臉上現出了大地之母的笑容。

當她的肚子越來越大，接近臨盆的時候，我們決定回到療養院的高山去。那時整個療養院已經空無一人，麗沙也已不知去向，臨窗的玻璃全被山風刮碎，炎熱的氣流在每個角落蒸騰。我們攜著手走上乾涸的山巔，陽光灼得我們皮膚龜裂，瞳孔顏色褪成淺黃。妹妹的肚子開始陣陣抽痛起來，她停下腳步，躺在一旁焦燙的岩石上，雙腿張得大開。她那堅韌的手緊握住我，力道之大幾乎要把我的手臂折斷。在這個時候，從她的私處開始不斷湧出血水來，起先是緩緩的細流，源源不絕，沿著岩石的細縫淌流下去，然後越湧越盛，直到最後變成一條河流，嘩啦啦的響著，一路奔騰到山下的城鎮，有如決堤的洪水，席捲過每一粒沙土，每一個石頭。我看到山下的居民站立在路中心，抬頭望著漫天洶湧而來的洪水，驚恐得動彈不得。

此刻，我忽然記起我們出生時候的景況了。大量的血水沖刷著我和妹妹的頭部，沖散了我們原本緊緊相握的小手。彷彿是砰的一聲巨響，我們困難地撐開濁重的眼睛，迎面而來一大片刺眼白光，然後我們大聲啼哭，空氣颼颼地竄進胸腔。我們的身體漸漸漸漸挺直開來，不再蜷縮，當回頭道別我那親愛的母親的時候，卻看見母親平躺在地上，她的頭髮飛揚而起，化成雲朵，頭顱慢慢浸入地底，化成滾燙的岩漿，她的胸脯化成高山，四肢無窮延展出去化成丘陵，她的子宮化成幽深的海洋，而她的血液是嘩啦啦歌唱的小溪，從她美麗的眼睛中流下了向我們告別的眼淚，點點墜落成藍綠的湖泊。

於是我和妹妹手牽手跋涉了好幾個世紀。我們曾經無數次參與一座城市的興起，也見證了它腐朽的過程，終至於滅亡。我們也曾數度把星圖摧毀，重建，再依照自己的構想重組宇宙。我們行走的腳步總是在不斷建構與毀滅的兩極中循環著，匍匐前進。

現在我和妹妹並立在山頭上，望著因爲洪水滋潤而長出花草樹木的蒼翠大地，一個肉球從妹妹的胯下滾出，一路輕快地跳躍下山，撞擊在山稜上碎裂開來，然後落在大地之上，變成一個個小人兒，他們陸續伸直了腰站起來，睜著一雙懵懂但清澈的眼睛，望向藍天。

我和妹妹相視而笑，仰首重新排列星座的圖案。這是生命的泉源，神話的開端。

在春與夏之際

一

在春與夏之際，天氣忽然間就莫名地陰寒了起來。我坐在高樓的窗台邊緣，不知是應該如一片枯葉般採取下墜的姿勢，還是繼續坐在此處，在天與地混沌的交接之中瑟瑟地發抖。於是我決定閉上雙眼，將身體蜷縮爲生命初萌芽時在子宮內盤旋的型態，這個曖昧不知如何定位的季節最適宜用來沉沉昏睡，我遂吐絲作繭，靜靜等候今年夏日的到來。

當我幾近睡著時，我開始聽到城市的聲音，在我的足下惶惶不安地蠢動著，原本只是如蟻般細細碎碎爬行過我的耳膜，爾後竟逐漸壯大成複沓的吶喊，如同拉威爾的《波麗路》般一潮潮洶湧打來。我無力地平躺著身軀，像是一張單薄的紙，任憑城市巨大的質問聲淹沒過我的呼吸：這是什麼季節？爲什麼不是熟悉的春天？氣溫本來應該逐漸地爬升成熾熱的夏季，但爲什麼如今卻在不斷冰冷地下降當中？我懷疑時光正在倒轉，而去年的冬日又要再度回來。

生命凝結成一種膠著的狀態。

我感覺到地球確實是以緩慢不易察覺的速度悄悄後退，便開始嘗試去辨別在許久以前早已停止作用的嗅覺觸覺味覺視覺。我靜躺在白色薄繭裡，發亮的細絲攀黏住大樓黝黑的玻璃帷幕，在寒風中岌岌可危地來回擺盪。我遲疑地伸出雙手，張開骨節僵硬的手指，觸摸到那些過去的時光隨著地球的倒轉如稀泥般傾倒而下，重重地癱塌在我的身上，腐霉的氣味使我深鎖住雙眉。我忽然看見以往的自己向我走來，他沒有看我一眼只是憂愁地喃喃自語道：我按照地球周而復始的軌道行走，夜以繼日，每跨出一步就成爲了過去，等到我走到生命的終點時將會發現，其實我不過就是由一堆破碎的片刻過去所疊疊累積而成，到底哪一個才是眞實的我呢？現在的我畢竟不存在，在下一秒時只變成所謂的回憶。

在那一剎那間許許多多個我都從塵封的角落突然拍落滿身灰土，如幽魂般紛紛站起。他們以不同的姿勢不同的面容朝我走過來，在春與夏之際，這個彷彿倒退回去年冬日氣溫的寒冷季節裡。

我瞠目結舌地伸長手臂去擁抱他們，然後卻猛地發現自己其實只剩一個透明的軀殼，而他們就從從容容地從我的手中穿梭過去。我依稀聽到冷風在我空蕩蕩的血管內颼颼地流著，發出嘲笑的聲音。

我恐懼地剝開了我的繭。

天際仍然籠罩著黯淡的雲霾。我等不及夏季陽光的來臨，等不及如虹的雙翅由我的兩脅長成，遂戰戰兢兢地站起身，一手扶著大樓堅冷的牆。城市的人在我的腳下循著工整的街道疾行，循著生與死的路線急急輪迴交替。我揮了揮透明的雙臂，效仿鷹的速度，奮力地向穹蒼飛去，在這個莫名的季節，在春與夏之際。

二

在春與夏之際，我以鷹的速度唰地劃過蒼穹之間，沒有重量的心靈不負擔任何感情。

這是一個遺忘過去不見未來的時刻，唯有現在與春夏秋冬的時序斷裂開來，我遂得以安謐地審查我的自身，從喪失溫情記憶的冰冷角度，終發覺我所有的意念只爲了去追索一朵雲的名字。

去追索一朵放在我口袋中的雲的名字。

坐在橄欖樹下的老翁呼呼噴著煙，張開焦黑斑駁的齒笑起來，在他身後一樹本應油亮的綠葉在這個黯淡的季節中失去了光彩，就如同他濁黃的眼瞳一般。他哼哼地吐氣散散地別過滿是皺紋的臉，道：白雲就是白雲何曾有過固定的名字？我坐在相同的方位瞪視流轉的歲月，雲和雲就在我的眼前彼此來往追逐、融合，時而又流散成一片，它們只是漂流的雲而已，如何用一種固定的方式存在？你又怎麼能用一成不變的名字，去稱呼它多變的形態？

可是你不明白，我在口袋中摸索著，然後在他的面前攤開掌心，一小朵潔白如棉絮橢圓形的雲安安靜靜地端躺在我的手上。對我而言，這朵雲和其他千千萬萬朵雲不同，它一直追隨著我不曾離去，從它的身上，我可以窺探到所謂永恆的眞相和不變的本質，所以我不願呼喚它以呼喚其他的雲相同的方式。我必須去試著尋找它的名字，這個名字是一把鎖鑰，是我們之間共同的約定，它因此而有了意義，而我也由此可以掌握住它，永遠將它留在我的口袋裡。

老翁再度張開焦黑斑駁的齒笑了起來，傻孩子，你怎能妄想藉由一個名字就擁有永恆的約定？世間本無不變的事物，任何東西都有可能離你而去，甚至包括你自己，更何況這只是一朵流動不羈的雲而已。

他呼地向我手中的雲吐了一口濃煙。那雲顫抖了三兩下，終在一瞬間翻飛而起，我凝視著它愈飛愈高距離我愈來愈遠，然後散成千萬縷輕煙隱入遙遙的天際，沒有顏色沒有形狀沒有聲音。

沉積厚重雲霾的天際。

千千萬萬個我隨之碎裂開來，在結構與解構的交錯迷惘中逃脫，尋找出路，在這個莫名的季節，在春與夏之際。

三

在春與夏之際，人們由箱中翻出去年冬日的大衣，圍上羊毛圍巾，並預言著綿綿雨季即將來臨。

陰雨初歇之後，青石街道反射出粼粼的水光。傍晚的柏油路面被雨點沖刷出一窪窪的坑洞，蚯蚓腫脹泛白的屍體在混濁的泥水中沉浮。於是我決定學習一隻蟻，在濕冷的街道上以異常緩慢的速度艱難地匍匐前進。

人群不斷地朝前方奔流不息，而我以蟻的速度向眾人相反的方向行走，在這逐漸倒退回冬季的氣溫裡，突然發現過去宛如一幅幅風景月曆般，在我眼前清晰地掀現。

我悄悄地爬行過公車站牌時，看見二十歲的我夾雜在一群二十歲的面孔之中，顯得毫無特異之處。那群二十歲的男男女女帶著同樣羞澀的微笑抱著同樣厚重的書，時而忍不住想要張嘴疾呼自以爲驚天駭地的議論，但又隨即生硬硬地嚥了回去，只得強自壓抑而緊抿住唇，血脈遂慢慢地僨張開來，漲得滿臉通紅。二十歲的我凝神注視著胸前那本原文書的封面，燙金的蟹行文字攀爬在堅硬如磚的書殼上，我每隔五秒鐘便小心翼翼地抬起眼角，偷瞄站立在我左前方一公尺處的女孩，那女孩在寒風中瞇起眼，撥了撥垂到額前的烏黑髮絲，並且在六年之後成爲了我現在的妻，在每個死寂的黑夜中，她總是用溫熱的背對著我，睡在床的另一個角落。

公車搖搖晃晃地靠站，大家轟地一湧而上，二十歲的我緊貼著那女孩，擠在公車門口嘈嘈的人群裡，直到公車呼嘯著揚長而去時都未曾看我任何一眼。

當四周忽然沉靜下來，人行道上只貼著我一個人孤獨的身影時，我失望地邁著益發遲緩的腳步前進。

我悄悄地爬過國校圍牆時，看見十五歲的我佇立在二樓教室的窗口，鼻樑上扛著厚重的近視鏡片。他茫然地瞪視手中的歷史地理英文數學，口中不斷叨叨念著人名地名文法公式。當第一顆青春痘在額角冒出鮮明的旗幟，十五歲的我放下手中的教科書，突然想到生存與死亡的意義，滿天的寒星彷彿都是召喚死亡的手勢，我想死去，十五歲的我伏在窗口，認眞地用筆在書上歪歪扭扭地反覆刻著，我想死去。

但是他沒有看我一眼，十五歲的我一面喃喃背誦黃花崗之役的年代，一面幻想著死亡的來臨。我仰望著他大力揮手，而他只冷漠地把窗戶闔上，走回教室的座位上，拿出測驗卷在青白的日光燈下沙沙塡寫。

我寂寞地邁著益發疲憊的腳步前進。

我悄悄地爬過一座公園時，看見五歲的我坐在盪鞦韆上如小小的鐘擺來回搖晃，左手拿著一支已經開始融化的棉花糖。我望著他滾圓的小手臂和鼓鼓的面頰，汗濕的短髮在風中散出童稚的氣味，不敢相信這果眞是我自己。

他專心地舔著手裡的棉花糖。一直到我走到他的面前蹲了下來，才抬起一雙晶亮澄澈的眼，奇怪地盯著我潮紅的眼眶，怯怯問道：你怎麼了？

我很難過。我的回答中有濁重的鼻音。

是不是走不動了呢？他五歲的臉龐上現出一種憂愁的神色。

我突然湧起一股衝動，猛然張開雙臂將他緊摟在我的胸前，他驚呼一聲，在我粗壯的雙臂中徒勞地扭動掙扎，手中的棉花糖掉落在地面的水窪之中，噗地一聲，迅速染成墨黑的顏色。他開始用盡全身的力氣嚎啕大哭出來。

這也不過只是個五歲的孩子而已。我逐漸鬆開我的手臂，無力跌坐在地上。

五歲的我坐在我的面前張著嘴嚎啕大哭。我俯在他柔軟的膝上，雙手無言地握著他小小一抽一抽的肩膀，感覺到他的身體竟然在周遭逐漸升高的氣溫中一點一點地融化。

當我的面前只剩下一座空蕩蕩的鞦韆，和墨黑的棉花糖時，我抬頭看見夏季陽光的觸角從沉積厚重雲霾的天邊微微探了出來，在這個莫名的季節，在春與夏之際。

初戀安妮

青春

人們說青春是最珍貴的東西。詩人費力歌詠這一逝不返的浪漫年代，然而卻徒勞無功，因為青春的孩子總是懵懂，他們燃燒著一雙小獸的眼睛在街頭四處衝撞，一身曲線緊繃的牛仔褲張揚令人嫉羨的戀愛特權，但無論如何，愛情對青春的族裔而言，只不過是一場廝殺壯烈的電子遊戲，不論死狀多麼淒慘都可以重新再來一遍。

所以當安妮結婚前夕，獨自一人在房中收拾從小到大累積的衣物，忽然發現櫥櫃角落裡塞著一本泛黃的日記，她才記起自己也曾經歷過刻骨銘心的青春。多年來，她捨不得燒掉這本日記，卻又怕被別人發現，如今把它重新挖掘出來，裡面細小的字跡歪歪斜斜地擠在一起，像是一排瞇著眼睛相互取暖的貓，但她已經喪失耐性去讀它們了。她看著攤在床上的白紗禮服，一咬牙，將蒙著薄薄灰塵的日記丟到垃圾桶裡。

第二天她裹著一團走起路來嗤嗤作響的白紗，彷彿一隻巨蟲般驚天動地擠到禮車中。她的丈夫鼻頭冒汗，眼睛直瞪前方，兩手緊抓前座的椅背，深怕這一長串相互緊咬的禮車會相撞或被其他的車子沖散。而安妮雙手交攏放在白紗上，看著車窗鏡面反射出來的那張塗著濃妝的面孔，看著看著，她忽然想念起那本日記來了，她幾乎要叫禮車回頭，然後火速衝到房間把它從垃圾桶裡搶救出來。但她終究沒有說出口，出了門的禮車是萬萬不可能回頭的，尤其不過是爲了一本日記，更何況，手腳俐落的母親也許早就把它打包丟到垃圾車裡了。

安妮安靜地坐著，越想越難過，她的手指來回搓弄白紗，街景陸續在流動的車窗外面飛逝，她一邊努力回想日記的內容，到底在寫些什麼呢？可是只有一個個片斷的字彙輪流跳到腦中，像是學生時代背誦的國文注釋一樣，意映卿卿如晤，意映，女子名；卿卿，對配偶的暱稱；晤，會面……。她又想到她的日記本正躺在成堆發臭的垃圾中，一併靜靜的腐爛。

她竟然就這樣把青春給丟棄了，想著想著，不禁俯在白紗上低低啜泣起來。

髮

她最先想到的還是她的髮。安妮對於女性身體美的著迷就是從一頭長髮開始的。某個近夏中午，剛進高中的她看見姊姊坐在窗邊梳理及腰長髮，一室的陽光因此迴盪洗髮精的香味，當窗理雲鬢，對鏡貼花黃，她喃喃背誦起來，一面懷想那柔美頎長的女性姿態。可是剪著西瓜皮髮型的安妮沒有美麗的權利，早上起來面對鏡子，剛甦醒過來的髮一如它主人堅硬如刺的內心，用水拍打也沒有辦法使它馴服。於是安妮每天頂著一頭張牙舞爪的灌木叢上學，忿恨的神色藏在陰影底下。她的青春歲月竟因此有一大半都是在陰影中度過。

而那男孩的頭髮理得更短，是一塊新修過的草坪，她的手掌在上面輕輕滑過，將他頭皮的氣味吸入掌心間，閒來無事，她就會把雙手拿起來輪流嗅著，嗅他躁動的吐息有如臉上迸出的一顆顆青春痘。然後她就會想起那個男孩如何引導著她羞怯的手，往身體深處探去。初次撫摸人體其他部位的髮使她驚愕，這是以前從來沒有留意過的，腋下，陰部，茂盛的毛髮卷曲而且閃耀誘人的光澤，它們各自隱藏一股濃烈卻又殊異的氣味，眩惑著她把年輕的臉埋在裡面，想像自己是全身赤裸裸地走進大雨過後的熱帶莽林。

從此之後，她知道髮不只是有洗髮精的香味而已。

房

房，密閉的空間。安妮聽人說過各種關於房的名詞，房屋、空房、茶房、門房，卻幾乎沒有人把乳房這個名詞掛在嘴上，它往往只以書面的方式出現，在口語上大家不知爲什麼總會尋找別的字眼來代替，最常聽到的是胸部，而安妮的朋友總說是咪咪。無形的忌諱使安妮連「乳」這個字都難以啓齒，譬如牛乳，這個字在她舌頭上泛出豐腴的甜甜香氣，那股蠢蠢欲動的貪婪令她倍感罪惡不安。不過安妮的初戀男友卻大不相同，他特別喜歡使用乳房這兩個字，說時莊嚴的神情彷彿置身在一間歌唱聖詩的教堂裡面，而他儼然就是聖母馬利亞懷中的小耶穌。

立志從醫的他灌輸給安妮許多關於乳房的知識。乳房是外觀上區別男女的一個重要性徵，主要構造爲脂肪組織，當乳頭與乳暈受到性刺激時，其中的平滑肌和彈性組織會收縮，可以泌乳，也可以勃起。所以當他們第一次約會時，安妮的推拒並沒有阻止他進一步的行動，因爲她那一雙勃起的乳房洩漏了少女的心事，而給予他莫大的鼓勵。通常女性早在十歲左右乳房就已開始發育，但是對安妮而言，她只記得十歲那年她曾經以此表達對一個鄰居大哥哥的愛慕，有一回他騎機車載她的時候，她將胸部緊緊貼在他的背上，車行顛簸時擊盪出柔軟的電波，可惜的是，顯然她的女性性徵還不足夠引起他的注意。

於是安妮的乳房開始學會訴說越來越多的事情。多年以後當某次她的月經遲遲不來，她站在浴室鏡前，解開衣服，從腫脹的乳房中擠出白色汁液，那時浴室窗外的天空藍得刺眼，她突然間從少女變成一個女人，一雙乳房從鏡中悲傷地望著她，靜靜代替她流下兩道濃稠的眼淚。

道

道是通路，但卻不是每條道路都平鋪在亮晃晃的太陽底下，還有許多不知所以不知所終的道路暗藏在世上各個角落，引向未知的次元，然而這些不可言說的桃花源祕密，只有探險的人才能在偶然間幸運開啓。

安妮已經不記得到底是先發現身體內居然還躲著一條神祕的通道，還是先認識了陰道這個詞彙，不過若非經過親身的實踐，可能永遠也無法了解這到底是怎麼一回事吧。當她第一次看到直挺挺的陽具向自己逼來時，她緊張的雙腳僵硬，不知所措，那根棍棒似的東西在她的下體來回衝撞許久，才終於勉強撐開了一點入口。於是從那天晚上開始，她的身體裡面彷彿被鑿出一個嶄新的空間，導致她有好幾天走路時都無法合攏雙腳，也就是從那時候開始，她又認識了一個新的辭彙，既是陰道的反義詞也是互補詞的陽具。

以陰名之，至今仍然讓她感覺晦暗幽深，不可碰觸，所以這條通往體內的道路，她自己卻從來沒有走過。她常常幻想進入自己身體的感覺，但終歸只是幻想而已，這種不可能實踐的遺憾更加深了她對男孩的好奇。其實男孩也是一樣，在那段青春歲月裡，他們耗費了絕大部分的時間與精力在探索與實驗對方的身體，其實只為了更接近自己，而這構成安妮對於初戀的全部回憶，除了自己的身體之外，別無所有。至於有關那男孩的一切，都必需依附在安妮的四肢與感官上才得以存在。安妮的身體遂成為她記錄愛情的石鐫。

現在，坐在新娘禮車中的安妮突然想起了那段青春的啓蒙經驗，華麗的白紗裹住她刻滿愛慾歷史的肉體，這是安妮最後一次美麗的機會了，過了三十歲以後，她已經可以預見自己的身材將會快速變形，肌肉鬆弛，小腹突出，胸部下垂，臉頰墜垮，就像那本年輕時寫下的日記，在塵封多年之後的結局就是被扔到垃圾堆裡，很快將會腐化為泥，或是焚燒成誰也無法辨識出來的灰燼。結婚禮車神氣地駛過大街小巷，安妮知道這是告別青春的儀式，她悲壯的目光掃過熟悉的街道，凡是看見她的路人都紛紛放下手邊工作，彷彿也沐浴在婚姻的神聖光環底下似的，一致莫名的感到肅穆起來。

我的雪女

0、請用黑布蒙上我的眼睛

事情是從一疊照片開始的。

那天回到家中一如往常已經深夜一點，我醉醺醺撞開鐵門，妻子竟還沒有睡，她僵白著臉坐在沙發中。我癱在牆上把鞋輪流踢掉，妻子卻按耐不住了，她起身走過來，手中握著一疊照片直逼到我的臉前，「這是怎麼回事？」她的嘴角因爲極力壓抑而不自然的向下抖動著。

自我當雜誌編輯多年以來，看過無數凶殺案的照片，但卻沒有比這更令我觸目驚心的了。照片中的我和一個十八歲女孩半躺在辦公桌上，渾身脫得精光，女孩的五官被我遮住，我吐出的蒼白舌頭恰好抵住她的耳朵，彷彿是兩具透出泛青光澤的赤裸屍體糾纏。從這個角度看來，拍攝的人必定離我們不遠了，連喘息的聲音都可以聽得見。可是，我明明記得當時窗外一片漆黑，只有一束青白的街燈斜照進來，何以照片中的人體卻幾乎連毛細孔都能看得一清二楚？

我抱著頭蹲坐在玄關的地上，妻子站在我的跟前，抖動的手還握著那疊照片，啪啪響著，她飲泣的聲音聽起來非常悠渺，是眞的在哭了嗎？「不要哭。不要哭。」我埋在手臂中，聽到自己喃喃的說，今晚喝的葡萄酒從胃裡湧漲起來一股濃重的氣味。

我忽然覺得這些照片有點眼熟。上個月我才寫了一篇關於仙人跳的報導，這個案子喧騰一時，男主角就是我大學時代教授儒家思想的老先生，我在雜誌封面上打了醒目的大標題，「講台上仙風道骨，講台下如狼似虎！」內文搭配一張鉅額向女主角購買來的照片，老教授鬆垮垮的肉體就壓在她光滑的身子上面。這時候我才知道老教授的背部已經長滿了老人斑。那期的雜誌因爲這篇深入的報導而銷售一空。

我側著臉趴在十八歲女孩身上的姿勢與照片中的老教授如出一轍，唯一的差別是我在老教授的眼睛上貼了一條黑布，然而這張照片中的我卻還睜著微微翻白的眼睛。前一陣子，我常常夢見老教授坐在講台上，提起手來撕掉眼上的那道黑布，他鬆弛的眼皮隨著吱吱掀起，然後露出一雙黃濁的眼睛望向我，依舊是二十歲的阿德忽然從老教授的身後跳出來，指著我說：「你說說看，『心』和『性』到底有什麼不同？」夢中的我坐在文學院的教室裡，結結巴巴答不出一句話來。

「生之謂性。」阿德說。那年我們窩在山上的一所大學，頗有據山爲王的氣勢。我們整天蹺課泡在社辦，手中一邊翻原文書一邊爭辯，腳上從宿舍穿出來的拖鞋，就懸掛在大拇指上來回地晃盪著。「關於馬克斯主義亞細亞生產模式，運用階級對立與剝削解釋歷史進化之課題，是否僅適用於資本主義而非前資本主義社會，值得再三深思……」在類似繞口令的爭辯環繞之下，坐在一旁的阿德卻始終沉默不語，自顧自低頭撥弄吉他。但是當夜晚降臨的時候，阿德經常帶我走過彎彎曲曲的校園小徑，去教員宿舍找老教授，在他濃重的鄉音中辨別什麼是「心」，什麼是「性」。我們穿過夜色，摸索著山坡上的石階前行，手電筒晃過校園角落的樹叢，卻總是照見擁抱在一起的男男女女。

那幾年學生運動正風起雲湧，我們甚至拔軍下山，攻占過中正紀念堂好些日子，已經忘了是爲什麼原因了，只記得夜裡坐在廣場冰涼的地上唱著歌，而我們在絕食一整天之後，唱起美麗的福爾摩沙，幾乎要掉下革命烈士的眼淚。這時不知從何處傳來一個麵包，到達我的手中已經被夜晚的寒氣凍成石頭一般僵硬，我把它塞進書包中。等到五天之後，回到學校，翻開書包，我才發現麵包已經長出了細細毛毛的淺綠色黴菌。

這次絕食抗議過沒多久，反對黨有位甫從獄中假釋出來的大老特地出面，請我們在凱悅飯店吃了一頓自助餐。他優雅地喝著XO，舉杯嘉許我們是台灣未來的新希望。我們面前的雪白瓷盤上躺著淋黑胡椒醬的牛排、薄荷醬的羊排、蘑菇醬的豬排，混雜成詭異的濃稠顏色。諸位同志們一邊嚼著上選的動物屍肉，一邊打出飽嗝，點頭應允要義務投入年底的選舉工作。於是吃完這一頓飯後，不僅讓我撐得三天全無胃口，更驚人的是，那些食物的熱量竟持續燃燒了一年之久，在那一年中，我們大力奔走反對黨校園黨部的建立，吸收新血，在那所封閉的校園內喧騰一時，成爲轟動的年度事件，尤其我們與執政黨知青黨部幾度的公開叫罵，投書，直到今天都還被那些校園遺老們當作天寶盛事在傳說。

然而，正當關於我們的傳說越來越近似神話的時刻，我忽然發現到自己已經是大四的老骨頭了，在社團裡一下子變成老賊的身分，學弟妹們開始以異樣的眼光看我，尤其當我鼎力跟隨的那位立委候選人狼狽落選之後，其他人冷眼旁觀，我才恍然大悟，原來自己早就該退出這個地方。

那是我第一次體會到世代交替的無情。（坐在講台上的老教授正落寞地望著我，而我落寞地望著盤踞社辦的那些睜著亮晶晶眼睛的年輕小獸。）

大學畢業前夕，阿德和我跑到電機系大樓的水塔頂上，兩人相對喝了一整夜的酒，夜晚城市的燈光迤邐成一片，被我們踩在腳底下，用酒瓶砸得粉碎。直到天色由沉沉的黑逐漸轉成深藍時，我們才歪歪倒倒地相互扶持走回租屋，在樓梯間跌撞成一團，吵醒了幾個學妹，她們扶著我和阿德進屋，七嘴八舌的哄哄鬧著。而我卻連她們的臉都認不清楚。

（接下來的事情我從未對任何人說起。）

那晚我醉得一場糊塗，但回想起來，卻又如此分明，不知到底是我愚弄了記憶，或者是，記憶愚弄了我。我看到一個女孩輕巧地坐在床前，就像是一隻夜半的貓，瞳孔閃耀著鬱藍的光芒。她的身上穿著一襲與年齡極不相稱的黑色棉布衣裳，與四周的黑暗打成一片。我眨了眨眼，就在她俯身下來親吻我的時刻，看見她的背後正不斷飄灑出白色的雪花。那一刹那，我彷彿被拋入雪地一般，四周除了霧茫茫的白之外還是白，而我朝前伸出一雙手掌，肌膚底下的血液都流失掉了，散發出不可思議的透明光亮。

一股冰涼酸冷的氣息流竄入我的齒縫之間。那女孩柔軟的手指在我的額頭上撫摸著。我喘著氣，灼熱的酒脹得臉頰快要裂開，我翻身，一把抓住了她的手腕。那一夜，我確實費了一番努力才得以進入她的體內，她一直在我的耳邊輕輕地說痛，我卻沒有意會過來。等到天空由深藍轉為蒼白的時候，我終於有點清醒了，在微弱的天光中，我睜開眼，轉頭看見身旁的她，臉龐上籠罩著一層淡淡的青色光芒。

她開口問我是否喜歡她？她說她已經喜歡我許久了。我看著她朦朧的輪廓，遲疑半晌，才說，「妳應該知道的，我已經有女朋友。」她閉上雙眼，睫毛一動也不動，似乎什麼也沒有聽見。我正猶豫著是否該再解釋清楚些，她突然坐起身，趴在膝上大聲哭泣起來，然而不到三分鐘，她就停止了哭泣，背對著我說，「今天的事，希望你不要告訴任何人，這是我對你的唯一要求。」她說話的語調特別平緩。接著她起身穿衣，動作出奇的俐落，直到走出這個房門為止，她都沒有再開過口，或甚至回頭看我一眼。

其實當門砰的一聲闔上的時候，我才真正清醒過來。這是一場夢嗎？我望向窗外，天已經大亮。不知過了多久，燥熱的陽光慢慢流進我的被褥，我低下頭，看見床單上躺著一灘赭紅色的血跡，就像是一張在叨叨訴說的唇，在歎著氣一樣，我伸手摸了摸，它已經喪失血的溫度，棉被纖維因此僵凝成硬塊。

接下來的幾個星期，我持續搜尋這個女孩，但是都沒有發現她的蹤影。我裝作輕描淡寫地問阿德，向他描述她的模樣，但阿德說長頭髮的女孩多如牛毛。總之，這個女孩就像是個沒有來由的夢般散掉了，而我每天睡在那灘洗不掉的血跡上面，就像是壓著一枚溫熱的小圓硬幣。從那個時候開始，我彷彿經歷了一場啓蒙儀式，越來越習慣與人發生短暫的戀情，當兵時與泡沫紅茶店的小妹，退伍後擔任國會助理，與立委的秘書兼情人，她們以不同姓名、不同臉龐出現，舌尖卻一律吐出熟悉的冰涼氣息，流竄在我日益被香煙燻黃的齒縫之間，每每讓我跌入出神的恍惚狀態。

夜半來，天明去。晨光熹微中我注視躺在床上的豐潤女體，因爲做愛後的暢快而舒展如盛開的花瓣，我總會想起這樣的句子。來如春夢不多時，去似朝雲無覓處。（記得在中正紀念堂的某一夜，阿德正反覆彈著這首〈花非花〉，但這與我們偉大的革命情操是如何的不協調啊！我當時似乎還低低地唱和起來，但是，阿德果眞彈了嗎？）

退伍後的第一天晚上，我和阿德跑到老教授的宿舍底下抽煙，哀悼那不會再回來的青春童眞。我們看到窗戶上一如往常映照出他垂頭讀書的身影，遂將煙蒂向梧桐樹抛去，算是爲這一段浪漫的前青年期畫上句點。（當時我眞的以爲這一生再也不可能見到老教授了，但誰知道現在我連他身上哪裡長痣都瞭若指掌。）

而當我再度與阿德碰面的時候，已經是我的結婚喜宴，阿德早就停止討論心性的問題多年，成爲一個打著深藍色領帶的房地產推銷員，頭髮梳得油亮，脹著浮腫的豬肝紅的臉。那天我們幾乎沒有機會交談，只見阿德不停地在宴席中穿梭寒暄，尋找下一位購屋者。

我還記得那一天氣溫特別的高，我的妻子臉上塗著厚重的粉白油彩，垂著兩道密麻如扇的假睫毛，裹在一團白紗之中。我隔著人群望著她，四周散發起騰騰的蒸汽，我突然覺得不可思議，我和她是如何認識的？這個看似陌生的女人，居然就這樣地成爲我的妻了。

一、當你十八歲的時候

當我十八歲的時候，我發誓有滿腹崇高的理想，沙特《嘔吐》、卡繆《異鄉人》、卡夫卡《蛻變》，存在主義必讀書目日日夜夜放在我的枕邊，我好像在啃磚頭般，恨不得把它們統統呑嚥到肚子裡去。存在與時間，疏離與死亡，我心中反覆念著這些名詞。但是當這個十八歲的女孩躺在我的臂膀上，問說，當你十八歲像我這樣的年紀時，都在做些什麼？我卻不會告訴她這個事實，因爲連過了三十五歲的我都不免懷疑，我曾經那樣年輕過嗎？生命似乎就是現在的狀態，除了當下，不曾有過去，也沒有未來。

「不知道。」我回答。而這個十八歲的女孩並不在乎我的答案。她跳下沙發，開了電燈，輕快地走向浴室。我注意到她的腳底板特別肥厚，若不是後腳跟裂開粗糙的紋路，沾著污泥，那麼她的腳就會像嬰兒一般，像是我那兩歲大女兒一雙肥嫩的小腳，蠻橫地蹬在我的臉頰上，傳來一股牛奶的香氣。幾分鐘後，十八歲的女孩又從浴室出來，頭髮濕答答地分在雙耳後面，她趴在沙發上，歪著頭朝著我笑，眼睛眨呀眨，努力裝出純稚的神情。就在我別過臉去的剎那間，我看到她的眼睛裡閃過一絲疑懼。那種不應該屬於她的年紀的疑懼。

現在辦公室只剩下我和她。這間雜誌社自從半年前總編輯被人挖角之後，除了社長，就只剩下我一個文字編輯，再加上一個美術編輯兼攝影。每個月我化成各種筆名，台北笑笑生、曹血斤、酒死一生，撰寫關於名流緋聞、醜聞，校園美少女檔案、社會靈異現象的報導，文字產量驚人，幾乎一個月就能寫出一本書來，而且令社長和我都感到相當自豪的是，我們雜誌一個月的銷路比起市面上任何一本賣十年以上的文學書都要好。這樣豐沛的創作力是十八歲時蒼白的我所無法想像的。當然，我也必須感謝總編輯，自從他離開以後，與每期封面女郎面試的機會總算落在我的頭上，我因而又多了一項能力。

就像今天晚上這個十八歲的女孩遵照我電話中的指示，走入這棟老舊的大廈，電梯匡匡地晃升到七樓，她穿過油漆剝落的長廊，兩邊的鐵門列道迎接著她，門前零星散落一地髒污的鞋子，而她繼續朝前走，終於在走廊的盡頭找到了一個小小的刻著雜誌社名稱的銅牌。她推門走了進來。我沒有起身，整個人陷在總編輯的大皮座椅當中，一邊上上下下打量著她，一邊對照手邊她寄來的沙龍照，照片中的她還綁著粉紅色的蝴蝶結。我說，「我們的雜誌可不是兒童刊物，要看的是妳的身材，這張照片能作得了準嗎？照片可是會騙人的。」她聽了，二話不說，就把衣服一件一件脫得精光，黑色長靴、黑色緊身迷你皮裙、黑色蕾絲胸罩掉落在地上。（她沒穿內褲，據她後來說，她原想仿效莎朗史東在《第六感追緝令》裡的作法，只可惜我沒給她這個機會。）我一邊抽煙，一邊彷彿深思地皺起眉頭，注視著她脫衣的動作，這種享受權力的快感讓我在一瞬間順利勃起。

我將煙按熄，把辦公桌堆積的美女圖片、名人檔案、社會新聞剪報統統掃落，然後將她抱起，擲到桌上，她發出了一聲驚呼，光潔滑溜的臀部壓倒擺在我桌上的那幀照片。照片中我的女兒穿著一襲白色蓬鬆紗裙，騎在旋轉木馬上，對著鏡頭伸長了手咧嘴大笑。我站起身，熄掉辦公室的燈，只剩下外面街上一盞青白的街燈斜射進來，微弱的光芒落在玻璃相框上面，濛濛地發亮。這時，十八歲的女孩閉上一雙眼睛，開始呻吟著，顯然很能進入狀況，一直到最後我們筋疲力竭，雙雙倒在沙發上爲止，我們都還沒有正視過彼此的眼睛。等打開電燈之後，我才發覺她的腹部刺著一朵暗紅色的玫瑰。

「這是什麼？」我摸了摸。

「這是我第一個男朋友送的禮物，他專門幫一些大哥紋身。」

「刺得挺不錯的，拍封面照的時候可以把它露出來。」我一邊摸一邊說，好像是在打量一件貨品。「再多告訴我一些妳的事情吧，比如說，妳爲什麼會來應徵封面女郎？」

「怎麼，要把我寫進雜誌嗎？」她笑起來，露出兩顆虎牙，「我若是全部說出來，可以夠你寫一年的連載了喔。」她隨手抓一本掉在地上的雜誌，那期的頭題是「靈異抓抓抓！檢察官半夜鬼上床！」，底下是「誰吃了人蔘，補精養腎祕笈大公開」以及「豪門血淚史：台北房地產鉅子林某的愛恨情仇（PART 2）」，封面是一個落敗的中國小姐候選人，我曾經爲她寫過一篇選美黑幕的報導，抗議評審不公，不過事實上她身上的贅肉的確多了一些，胸部也早失去彈性，所以抗議不了了之，她便改行去拍三級片。十八歲的女孩一邊翻閱一邊讚歎，「你怎麼寫得出這麼多事情來，這些都是眞的嗎？」

「哈哈，笑話。」我翻起身說，「自從我退伍以後，當了三年的國會助理，就充分學會憑空造假的那一套，信不信，妳絕對抓不到一點破綻的。」不過，其實我更得意的是學會如何善用我前青年期所培養起來的浪漫，比如說我的老闆競選連任，竟然高票落選，他舉行記者會抗議對手賄選，並且照著我的安排，對麥克風流下兩行清淚，說：「我達達的馬蹄是個美麗的錯誤，我不是歸人，是個過客。」這句話才一說完，媒體的閃光燈就瘋狂亮起。「呵！妳想想那種前所未有的盛況！有個常跟我們上KTV唱歌的女記者還哭了起來。」我感嘆著，彷彿在那一刻我才眞正了解到現代詩的魅力。

「那句詩我也知道。」十八歲的女孩吃吃的笑著，「曾經有個跟我同班的男生追我，每封情書都寫著這段話，他的爸爸是我的國小老師，所以我才懶得理他呢。」女孩的笑容突然一收，說，「你知道嗎，我從幼稚園的時候就坐在我媽媽的大腿上打麻將了，我們家開賭場，國小老師來作家庭訪問的時候，被保鏢嚇得屁滾尿流，從那時候起，就算我不寫功課他也不敢打我喔。我房間的木板牆後面就是麻將間，每天都像水在流的聲音一樣，嘩啦嘩啦，嘩啦嘩啦，嘩啦嘩啦。」十八歲的女孩一邊說著一邊做出推牌的動作。

「我國一的時候就和一個叔叔發生關係了，他就是幫我刺這朵玫瑰的人，剛開始的時候，他還會付我錢，我媽媽抽走七成，留下三成給我去西門町買衣服。可是後來我愛上他了，自己跑去找他，他就連錢也免了，哼，就有這種便宜事。」十八歲的女孩微笑地說，「我媽媽知道了，打我一頓，說我是賤貨，倒貼男人，所以我就跑了，當過檳榔西施、KTV公主、伴遊小姐，結果我媽媽報警捉我回去，我坐在警察局的時候，眞想把一切的事情都抖出來算了，可是看到她流淚的樣子，我就心軟，什麼也說不出來，等到回家之後，我又跑了，一直到現在，啊，我總算已經滿十八歲了，她應該拿我沒辦法了吧？是不是？」十八歲的女孩抬起頭來問我，嘴巴微微張著。

我沉默了半晌，「那妳的父親呢？」

「什麼父親？我見也沒見過。」她伸出右手向我討一根煙。「男人。哼。」

我看著她把一根煙抽完，推推她說，「妳可以走了，後天早上再來拍封面照，我會幫妳安排好攝影師和化妝師。」

她愣了一秒，馬上攀到我的肩膀上，說，「這麼快就要趕我走啦？現在才十點，你不請我吃宵夜嗎？爲了今天晚上與你面試，我連晚飯都不敢吃呢。」

我又推了推她，「妳走吧，我累了，跟別人還有約會，妳放心吧，妳這封面女郎是跑不掉的。」

她很識相地收回身子，沒再說什麼，把地上的衣服一一揀起來，套上，打開她的手提袋，掏出梳子來梳頭，然後走向門口。

「喂。」我喊住她，「妳記得，後天來拍照之前，先把妳的腳丫洗乾淨一點。」

她的手握著門把，回過頭來對我燦爛地一笑，點點頭。

可是她卻爽約了，我足足等了她一個禮拜，她都沒有出現，我納悶地望向窗外那盞青白的街燈，想她是不是被母親捉回去了？但誰知道她說的是不是眞的？不過無所謂，反正等著拍封面照的女孩子多得是，我打開抽屜，拿出厚厚的一疊相片，其中有個女孩子果然寄來裸照，長得倒有點像安室奈美惠，散著一頭挑染成紅褐色的長髮，塗抹藍色眼影的大眼呆呆地瞪向鏡頭，身體躺在藍色的被褥上，好像一尊被折斷了手腳的芭比娃娃。

我抽了根煙，翻開她的履歷，撥電話給她。在鈴聲響了八次以後，一個帶點山地腔的童稚聲音終於在話筒的那頭響起，「喂——」。

〇、黎明即將到來

豪門血淚史：台北房地產鉅子林某的愛恨情仇（PART 5）

話説林某在發現第二十九任女友魏×嬌竟然與司機發生姦情之後，他無情地把她趕出坐落在陽明山的別墅。第二天，林某在公司高層主管的早餐會報上，做了簡短的發言，他説，女人是權力的象徵，一個司機竟然敢爬到這個權杖上面，還伸出舌頭上下來回地舔著，發出口水的惡臭，是可忍孰不可忍？

據親近林某的人士指出，林某這番舉動有下面三個意義，第一、這個烏龜事件早就人盡皆知，林某與其裝聾作啞，還不如出面重振他的聲威。第二、有殺雞儆猴之意，傳聞他底下的首席助理與他的正宮夫人關係越來越曖昧，只是苦無證據，林某剛好趁這個機會，好好警告他們一番。第三、趕走魏×嬌之後，林某終於可以把他最鍾愛的第三十任女友簡盈×，光明正大地迎進那棟仰德大道的豪華別墅，一償夙願。

簡盈×（圖一）今年才十八歲，她出身卑賤，家中開設賭場，從小被母親販賣給賭客，每嫖一次，母親抽七成，她抽三成。可憐的她終於不堪凌辱，在十五歲那年離家出走。一個弱小女子在無情的都市中為了謀生，曾經當過檳榔西施、伴遊小姐，最後淪落在凡爾賽宮KTV當公主，才碰見了她的救命恩人，林某。當林某第一次抱著瘦弱的她，撫摸她蒼白的面頰，親吻著她腹部那朵被她母親強迫刺上的玫瑰花，那朵無辜雛妓的印記之時，他不禁深深地愛上了她。於是一夕之間，簡盈×變成台北社交界人人稱羨的灰姑娘。

據聞，林某曾經駕著黑色的賓士六百，載著簡盈×在深夜東區的街頭漫遊，對她說，妳看，這些房子都是我建起來的呢，所以妳要多少房子，我都可以蓋給妳。這些話，讓簡盈×爲這突如其來的不可思議的幸福痛哭起來，並且在社交界一時傳爲美談。信義特區一棟全新摩天大廈的管理員私底下透露，曾經在午夜三點，林某帶著簡盈×來到這裡，兩人直奔頂樓空屋，簡女發出的喘息聲，讓整棟大樓的住戶從睡夢中驚醒過來，直到第二天上班的時候都還恍恍惚惚。六十歲的管理員說，當林某和簡盈×離開以後，他特地到那間空屋裡面去巡視了一遭，浴室中的鏡子還蒙著霧氣，陽台上都是凌亂的腳印，從那上面看台北市密密麻麻的樓房，閃爍的燈光，就像是宇宙銀河一樣，那可眞是壯觀啊。然而這些燈光中大約有八分之一都是屬於林某的資產。

其實，魏×嬌曾經哭著向她的閨中密友咪咪說，要不是林某瘋狂迷戀簡盈×，她才不會去向一個司機尋求安慰，她又不是傻瓜。

至於林某的正宮夫人，到目前爲止對這整個事件只有說過四個字，那就是「我相信

他。」而這個簡盈×的魅力又能持續多久呢？詳情如何，且待下回分解……（待續）

寫完這期稿子，我從十八歲女孩寄來的照片選了一張作爲配圖，照片中的她側著臉，站在樹底下，依舊穿著黑皮裙黑長靴，我撕了一塊黑色膠布，唰的一聲，把她的眼睛貼住，黑布底下她的嘴巴還在微微笑著，露出兩顆虎牙。我在背面註明：（圖一）簡盈×，然後放到公文封中，預備明天交給美編。至於女孩的其他照片，我一股腦地全丟進垃圾筒裡。

但是，打死我也沒有想到，現在這個女孩又還魂到我的面前，並且還握在我的妻子手中。照片裡裝的是兩具糾纏在一起的淒艷屍身。我垂著頭，妻子飲泣地說，「過去種種，我可以裝作閉著眼睛，什麼都看不見，但是現在人家都找到我的面前來了，你叫我怎麼辦呢？」

「我的工作免不了這種事情，這不過是逢場作戲而已，妳又何必這樣？」我揚揚手，胃裡又湧出一個酒嗝。「這到底是誰寄給妳的？」我問。其實，眞正令我擔心的是這些照片如果落在社長手中，只怕我這唯一的文字編輯工作也不保了。因爲很多事情往往是做得說不得的。

「我不會告訴你，她是一片好心，讓我知道你的眞面目，我決不告訴你她是誰。」

妻子轉身走回客廳，彎腰抽出桌上的面紙，一邊擤著鼻涕，一邊說。

「什麼眞面目？」我站起身來，指著妻子，「妳不要拿著幾張照片，就以爲妳是神，什麼都知道。」我邁向她，指著她的臉，「妳知道什麼？妳知道個屁！妳知道我活得多累？妳知道我誰也不相信？妳知道我多痛恨浪費自己的生命，就是爲了要養這個家？妳知道我管他媽的……」我卻突然間說不下去了，妻子一雙眼睛定定的回視著我，一動也不動，我忽想起八年前剛認識她的時候，她似乎是多麼單純天眞的一個女人。

「那你又知道我嗎？」妻子的眼睛裡透出陌生的堅毅的神色，就像是一把針。

我深深地吸一口氣，肚子裡的酒不知怎麼又湧上來，直衝腦門，我雙腳一軟，跌坐在地毯上，索性往後一躺，手腳敞開攤成大字形。（二十歲的阿德忽然從老教授的背後跳出來指著我：「你說說看，『心』和『性』的差別到底何在？」）我不斷搖頭，爲自己的狼狽模樣感到羞辱，痛苦地皺緊了眉，好像是有密密麻麻的細小螞蟻爬上我的四肢。

我的腦中一片空白。不知過了多久，我才聽到妻子的腳步聲，她走到廚房倒了一杯開水，然後坐在我的身邊，嘆了口氣。妻子柔軟的手指在我的額頭上撫摸著。我喘著氣，灼熱的酒脹得臉頰快要裂開，我翻身，一把抓住了她的手腕，將唇貼在她的唇上，一股熟悉的冰涼氣息，流竄在我日漸被香煙燻黃的齒縫之間。我一顫，跌入恍惚出神的分裂狀態，從軀體飄離出來，我冉冉上升，看見自己正瘋狂地吻住妻子的脖子、胸部和四肢。

我們已經有許久不曾如此激烈了。我伏在妻子的身上，猛力地動作著，斗大的汗從我的額角滲出來，滴答，滴答，配合喉管深處窟窿裡冒出的巨大喘息聲，滴答，滴答，我俯身低首，有如在進行一場漫長的虔誠儀式。（這時落地窗外面有長長的黑夜，吉他的聲音從遙遠的地方如水般淌流過來，我看見阿德就坐在中正紀念堂冰涼的地上，一手撥著吉他弦，一手遞給我一個堅冷如石的麵包。穿著藏青色長袍的老教授，坐在教室的講台上，他照例清了清喉嚨，然後撕下貼住眼睛的黑布，翻開書，繼續用濃重的四川鄉音說著：「人之異於禽獸者幾希哪。」中年後急速發福的阿德伸出戴著翡翠戒指的手掌，大力朝我的肩膀擊下去：「傻瓜，投資房地產鐵定比投資股票要划得來。」他哈哈大笑。）我張開嘴，大力喘著氣，汗水滑到我的舌底，我偏過頭，看到這時窗外的天空竟然變成了一個巨碩的麵包，長出了細細毛毛的藍綠色黴菌，長長長長地飄搖著，終於繁殖成一片陰冷的森林。

一直到天空由深藍轉為蒼白的時候，我才彷彿有點清醒了，在微弱的天光中，我睜開眼，轉頭看見身旁的妻子，她的臉龐上籠罩著一層淡淡的青色光芒。

「咳，」妻子輕輕地咳了一聲，肩膀挪了挪，忽然說，「告訴我一些你的事情吧，好比說在我認識你以前，你讀大學的時候所遇見的那些女孩子。」

「我告訴過妳，我大學的時候有一個女朋友，念國貿系的。」

「這個我知道，但是，應該還有遇到別的女孩吧，不會光只有她。」

「哎，其實也不多啊。」我掉過頭望向窗外，已經很久沒有見到凌晨四、五點陰重的天空了，但是這種感覺如此熟悉，讓我不禁想起許多年前那個如雪般消失無蹤的女子，她那躺在我臂膀上的重量，冷冷的髮香，以及那灘堅硬如鎳幣般的血跡。於是我轉身面對妻子，說，「確實有，還有一個女孩，而且，」我有點羞赧地笑了起來，「她在遇到我之前還是個處女呢。」

「哦，眞的。」妻子睜大了眼睛，頗有興味地專注傾聽著。我開始對她詳細描繪那一夜的情景，那個女孩身體的每一個細節，聲音，動作，哭泣。可惜的是，我始終不知道她的姓名。

「那麼，你眞的因爲有了女朋友，就沒有跟她在一起的念頭嗎？」妻子問。

「怎麼會？」我笑起來。「那時只是害怕負擔，拿道德做爲藉口罷了，而且那件事情發生得太突然了，我一點心理準備也沒有，不過，如果那個女孩繼續來找我，我或許會考慮看看吧，其實妳也知道的，我大學畢業時就跟我的女朋友分手了。」

妻子沉默下來，沒有繼續追問。我打了個哈欠。窗外的天光越來越刺眼。

「睡吧。」她說。

「那麼，妳可以告訴我這些照片是誰寄來的吧？」

「睡吧。」她又說。「是誰一點也不重要。」

等我再度醒來的時候，陽光已經流進我的被褥，我連什麼時候從客廳的地毯回到床上都不知道。我坐起身，敲了敲因為宿醉而隱隱作疼的頭顱，兩歲的女兒竟然搖搖擺擺地走進房間來，趴在我的床邊，對著我嘻嘻笑著。「爸爸。爸爸。」她的兩隻小手砰砰拍打著棉被。

「媽媽呢？」我趕忙下床抱起她，走到客廳，整間屋子異樣地空蕩與陌生，往常這個時候我都早已去上班。「媽媽呢？」我抱著女兒喃喃自語著。雙腳好像踩在外太空越來越輕飄。妻子是從來不會讓女兒離開她的視線的。

「媽媽媽媽。」女兒跟著我重複地喊，嘻嘻微笑著。

我看到玄關的鞋架上只剩下我的三雙鞋子，其餘的女鞋全不見了。我放下女兒，奔到房間，打開衣櫃，妻子的衣服也全不見蹤影，就連梳妝台上的化妝品都消失得一乾二淨。我愣在房裡，環顧四壁，這間房子已經沒有一點女人的氣味。我跌坐在床上發著呆。（而那疊照片呢？）

女兒依然乖乖地在客廳裡騎她的小木馬，咿咿呀呀唱著不成調的歌曲。木馬敲著地磚發出規律的聲音，叩叩叩叩，就像是時間遲遲的鐘漏。

一年，兩年，三年，四年過去，妻子卻再也沒有回來。我早就放棄等待了，甚至懷疑妻子是否存在過？她消失得這麼徹底，就連我們拍的結婚照我都找不著。妻子是獨生女，她的父親早就過世，她的母親得了老年癡呆症，住進療養院以後，根本不記得自己曾經有過一個女兒。於是當我換了新的身分證，配偶欄一片空白，妻子就連姓名也都一併消失在我的生命裡。

但是，我的女兒卻還在不斷地長大當中。她就要上小學了，當我帶她去買書包的時候，她已經非常有主見，指定非要買有鹹蛋超人圖案的不可。我看著女兒站在櫃台前，慎重地挑選書包，突然感到非常懷疑，這個生命究竟是從何誕生出來的？我一點也不知道。女兒買了新書包，用彩色筆歪歪斜斜地寫上她的名字，然後得意地站在門口和我大聲道再見，就往學校的方向走去。我每天看著她離去的小小背影，都幾乎以為她再也不會回來了。

現在我常常在凌晨四、五點的時候醒來，看著窗外的天空由沉沉的黑，轉為深藍，再由深藍轉為蒼白。在這個時候，窗外總會不停地下起大雪，直到黎明時分，陽光流進我的被褥才停止。而我總會想起那個女孩在離去之前，曾經對我說過，今天的事，你千萬不要告訴別人，這是我對你的唯一要求。那女孩的臉孔逐漸和妻子的臉孔融合成一片。但是，我還能告訴別人些什麼呢？

在我生命中的許多人陸續離開了，消失無蹤，然而，也有的人還無孔不入的存在著。某天我搭上計程車，竟然聽見阿德接受電台訪問，他已經搖身一變成爲建設公司的總經理，主持人尖銳的聲音如連珠炮：「現在台北有八分之一以上都是你們公司蓋的房子可不可以爲我們聽衆介紹一下你們公司建築的特色和理念呢？」「哈哈，當然可以。」阿德的笑聲越來越低沉。「我們公司蓋出來的房屋最大的特色，就是『人性化』。（笑聲）你知道的，就是『人性』嘛。在住宅的中庭一定設計一個花園，春夏秋冬，種植不同的花草，讓你看看綠色植物，賞心悅目，不會得近視（笑聲）。旁邊有兒童遊樂區，小孩子不會在家裡吵翻天。有健身中心，媽媽可以減肥，不怕老公會變心。（笑聲）有社區網路，作股票的人可以隨時查詢財經訊息，寂寞的人可以交個祕密的網路情人。（笑聲）你們任何人的需要我們都想得面面俱到，（笑聲）……」

我閉上眼睛，阿德的聲音還在透過喇叭不斷傳來，車子在台北千瘡百孔的柏油路上下顛簸，跳動，我的手中抱著這期剛印刷出來的雜誌，豪門血淚史已經快寫到一百集了，現在的主角是林某的兒子林少，他去美國念了ＭＢＡ，回台後是衆所矚目的企業第二代接班人，林少還在大學裡兼課，教授投資管理。在下一期的雜誌中，我將會安排一位清純的女學生，在夜半時分，走入還點著燈的研究室，林少趴在桌上成堆的論文中睡覺，當女學生爲他蓋上毛毯的時候，他將會一翻身，握住她的手腕，在這個時候，他抬頭，將看見白茫茫的雪花正不斷朝他撒來，淹埋在身上臉上，令他快要窒息，但是他不擔心，因爲黎明到來的時候，這一切都會消失得乾乾淨淨，不留一點痕跡……

幸福的日子

冬至剛過，天氣竟然反常的熱，林桑打赤膊躺在床上，湯圓似乎還黏呼呼地囤積在胃裡。窗戶底下一輛選舉車剛經過，廉價的喇叭大聲唱著台語歌曲，滋滋地尖叫，聽不清楚是哪一首。他煩躁推開黑褐印金花的毯子，忽然轉念一想，這天氣，莫不是，莫不是台灣就要變天了？

他大樂，翻身坐起，低著頭找拖鞋，林桑的牽手彩雲危危顫顫地從客廳扶著牆壁走過來，手中拿著拖鞋，遞給他，手腕上擦過一道粉彩漆掉落的灰，說：「底這啦，每遍攏丟底客廳，哎……。」林桑接過來穿上，走到浴室，拉開褲子拉鍊，唏哩嘩啦撒尿。彩雲又危危顫顫地跟了過來，擋在浴室門口，黃昏時分落下一座黑暗而巨大的影子，她說：「阿成昨晚又擱沒轉來，早起伊轉來五分鐘，又擱騎車出去，不知影走去兜位？……」林桑反手把浴室的門用力一掩，鎖上，坐在馬桶上，彩雲在外面氣急敗壞地用掌拍著門，「我底共你講話，你關啥米門？我又擱不是沒看過，你有啥米好見笑？」砰砰砰，她又咕噥著咒罵了幾聲，覺得無趣，林桑聽到她沉重的腳步刷拖過磨石子地板，朝客廳走去，然後籐椅嘰地發出一長聲痛苦的呻吟。彩雲歎了一口大氣。

林桑坐在馬桶上，瞪著自己粗黑的腳趾，骨節上長著繭，他又想到彩雲的那隻腳，看遍了中醫西醫，吃過無數祕方，怎麼樣也醫不好，不知花了多少錢，公立醫院裡那個三十出頭的醫生，一張白白的油膩的臉，頭髮亂糟糟地四處翹著，眼鏡後面皺著雙細眼，他和彩雲進去不到兩分鐘，醫生就揮手說「吃藥打針」，千年不變的都是這四個字。最近彩雲又在喊脊椎骨痠痛，這個女人可真痲煩，當年娶她的時候看她生得肥壯，沒想到今天什麼事也做不了，整天窩在家裡哼哼歪歪地，不像巷子口擺檳榔攤的月嬌，都快五十了，臉上還塗著油汪汪的胭脂口紅。他每天都要上那個檳榔攤好幾回，買煙，買檳榔，買汽水，還有別的。夏天的時候月嬌身上無袖的緊身背心綳出兩朵豐厚的胸脯，林桑摸她的手臂一把，她就咯咯地笑，塗著赤紅蔻丹的指甲狠狠地回捏他。

待了十分鐘，林桑從廁所出來，彩雲還歪在藤椅上，一動也不動，他走到紗門口穿鞋，彩雲道：「你不底厝內吃暗頓，又擱卜出去啊？」林桑點頭。她又說：「你今日暗時又擱卜去聽政見會？」他沒說話，隨手碰地關上鐵門，太陽即將要下山了，在回頭關門的一剎那，他還看見彩雲陷在客廳的黑暗裡。

他開著計程車駛上街頭，本來想到鬍鬚張吃碗魯肉飯，但是轉念一想，還是上街去載一兩趟客人吧，彩雲背痛的毛病還是得看醫生才行。路旁兩個踩著三吋高跟鞋的女人向他招手，一個染黃髮，一個穿黑色貂皮大衣，他停下車，女人喀啦喀啦扭著腰肢上車，一股濃嗆的胭脂粉味衝來，黃頭髮的說要去中山北路的晶華酒店。林桑彎入快車道，兩個女人開始大聲討論要去哪一家百貨公司大血拚。「遠企的衣服已經下七折了。」「只有Joyce的我才看得上眼呢。」「貴得嚇人。」「有什麼辦法呢？」黃頭髮的長指甲嘀嘀叩著玻璃窗。林桑把電台的音量轉到極大，女人開始皺眉，互相對看了一下，黑色貂皮大衣把聲音壓低下來，扁扁尖尖地刮過塑膠皮椅，「眞討厭哪，現在的計程車司機。」黃頭髮按捺不住，整個人向前傾，一張大紅唇對著林桑的頸噴著熱氣，口紅混合呼吸的味道，說：「喂，收音機關小聲一點好不好？」不知怎麼，林桑突然滿肚子氣冒上來，「聽這個有什麼不好，」他拍著駕駛盤教訓他們：「現在都什麼時候了，妳們女人就只知道上百貨公司，應該關心一下國事啊，妳知道我們台灣人有多悲哀嗎？」

「今脈，台灣人就愛團結起來，這個社會已經奧古爛啊，台灣人就愛覺醒啊，」收音機裡的人幾乎哭泣起來。

貂皮大衣撇了撇嘴，別過臉，眼睛藏在玳瑁框大墨鏡的後面，手上的鑽戒大得發亮，林桑覺得噁心，唰地把車一甩，定住，大喝一聲：「下去！下去！」那兩個女人愣了一下，方才張皇失措地下了車，喀啦喀啦扭著腰肢，林桑大力踩油門加速離開，從後照鏡中看到那兩個女人愚蠢地站在快車道上，在喇叭聲陣中一閃一躲，細細的鞋跟似乎快要折斷，他臉上浮出了一個勝利的微笑。然而勝利是短暫的，心中的鬱悶又浮上來，哽在喉頭，他想到彩雲的醫藥費，女人手上的大鑽戒。

這樣一想，他又洩了氣，在這個巔峰時刻開車，車錢都不如油錢，還不如早早去政見會場，順便可以打探選情是不是又產生新的變化？前面車陣塞成一條烏黑的長龍，摩托車騎士的臉藏在口罩後面，痛苦地扭曲著，林桑把車彎進一條巷子，向國小的方向駛去。

遠遠望見國小門口竟然插滿了黃色的旗子，一台宣傳車在播放〈梅花〉，這似乎有點不太對勁，莫非他記錯了時間。他把車停上紅磚道，買了串烤香腸，咬一口，肥油唧地一聲噴在嘴中，滿足的豐潤香味，然後他朝國小門口走過去，兩個穿黃色選舉背心的年輕人馬上擠出一臉的笑容迎了過來。

「今天晚上七點立委候選人×××博士問政說明會，歡迎參加。」林桑吞掉最後一口香腸，抛掉木棍，接過傳單，上面印著個大臉，金邊眼鏡下一雙單眼皮的眼直勾勾地瞪視遠方，嘴角欲牽不牽，擠出一個勉強的微笑，這倒很符合博士的模樣。穿黃色背心的年輕人非常熱心，看林桑不走，他繼續湊過來介紹，「×××是台大教授，我的老師，是美國長春藤的法學博士呢。」「長春藤是啥咪碗糕？」年輕的大學生笑起來，青嫩的臉皮泛起微紅，「就是美國幾間最好的大學所組成的聯盟啊。」林桑抖著手中的傳單，說：「你們這個什麼台大教授，是幹什麼的？他爲台灣做過什麼事？以前有沒有去坐過牢啊？」兩個大學生面面相覷，傻傻地摸著頭，尷尬地笑了兩聲，說：「先生，你眞愛開玩笑。」林桑摸出檳榔盒，掏出一顆，丟到嘴巴，然後指著傳單：「年輕人什麼黨不好加入，我最討厭這個黨了。老實說，這個黨的人啊，每一個都想做官，沒有例外的啦，根本就是想騙錢，出名啊，哪裡會爲我們人民做事。」紅色檳榔汁從林桑的嘴角流下來，好像被人狠狠打了一頓飽拳，受了重傷。

「但是，先生，我們老師不是這樣的，」大學生臉上立刻浮起悲壯而肅穆的神情，並且不自覺地握起拳頭，一邊隨著話語揮舞著：「先生，你知道嗎？我們老師在黨內初選的時候，得票數是最高，但是，後來提名的時候，他竟然不在名單裡面，黨部就是這樣，啊，就是這樣把他給犧牲掉了啊，」大學生的聲音已經哽咽，「所以他這次決定違紀出來競選，只是爲了證明這個世界還是有公理的，選民的眼睛是雪亮的，所以黨如果要一意孤行下去，受到地方派系威脅的話，那麼黨的未來也就完了啊。所以這次我的老師沒有經費來源，沒有黨的支持，就只能夠依靠我們這些學生——叫研究生去當宣傳車的司機，叫大學生發海報，我們只希望——」他的眼眶已經紅透了，鼻腔裡滾著濃濁的涕水聲，其他四五個發傳單的學生也漸漸聚過來，看著林桑，滿臉哀戚又悲憤的神色。

林桑不禁想起當年那些反對運動的領袖還是小伙子的時候，一邊演講嘴唇還會發著抖，薄薄的髭鬚，而他每場都站在台下爲他們加油、吶喊、捐錢，爲的是什麼呢？現在那些小伙子都已經各據山頭了，分成派系，水火不容，而林桑還是開著他那部黃色的福特全壘打計程車，彩雲的腳還是痛得整夜都在哀號。

林桑歎了一口氣，把檳榔渣往地上一吐，「幹！」他往國小走去，就去聽聽這個違紀卻又不肯脫黨的人說些什麼吧。他一走進校園，看見司令台上立著支麥克風，照明燈打在候選人的臉上，像個蒼白的面部浮腫的鬼，台下聽眾不會超過十個人，這還包括候選人那胖得像水桶的妻子在內。「我的天。」林桑笑了起來，他轉頭，向一路緊跟在後面滿眼感激的大學生說：「他這樣也要出來選？來聽的人連十個都沒有。哎喲，眞是笑死人。」大學生臉又漲紅起來，林桑還沒看過這麼會臉紅的人，他自己的兒子阿成整天就是一張死板板的臉，毫無表情，大概一個磚頭飛到臉上，他的眼睛也不會眨一下。

「我們中產階級一定要有信心，團結起來，我不相信以我們的知識水準，沒有辦法改善台灣政治的沉痾。當年，我在哈佛讀書的時候，我們一群朋友時常聚在一起，討論要如何才能夠挽救台灣的命運，現在，我回來了，就是報效祖國的大好時機了！只要有你們的支持，在我背後，數百個知識分子組成智囊團，就會團結起來，改造台灣，我們將來的前途，絕對是光明的。」候選人臉色越來越蒼白，緊握的拳頭高舉著，冒著黏濕的汗，停在頭頂上，不知下一步該做什麼。還好這番話已經說完了，底下的人卻還一點反應也沒有，候選人忽然福至心靈，再度湊到麥克風前面，拳頭舉得更高，更堅硬了，他大喊：「中華民國萬歲！萬歲！萬萬歲！」呼聲在空洞的操場上迴盪著，無邊的黑暗如同海綿般吸吮掉所有的聲響，而四周是那樣的寂靜，只有候選人的妻子愣了一下，瘋狂地鼓起掌，旁邊的人才恍然大悟地驚醒過來，零零落落應和著。

林桑瞇著眼笑，跟年輕人說：「他在這裡說給這十個人聽幹什麼？你們不知道，應該去夜市走一圈，那裡人才多。」年輕人說：「可是，夜市又在哪裡呢？」林桑睜大眼睛，說：「連這個都不知道，還要跟人家出來選？」年輕人又馬上羞赧地一臉通紅，林桑心一軟，拍著胸脯：「沒問題，安啦，夜市我從頭熟到尾，只要我帶你們走一次，保證馬上紅啦。」年輕人聽了，興奮得眼珠都快突出來，馬上衝去司令台前向候選人報告，而候選人只是疲倦地垂著頭，候選夫人貼在他的身邊比手畫腳，幾個人不時回頭望向林桑這樣。林桑嚼著檳榔，等了好半晌，候選人才一邊點頭，一邊帶著無力的笑容向林桑走過來，伸出手握住他，幾乎有點哀求地道：「林先生，那就麻煩你了。」因爲過度勞累的關係，候選人再也說不出話來，往前傾倒，趴在林桑的肩上。林桑又想到反對運動最激烈的那幾年，那些年紀輕輕的黨外人士，在雨中絕食靜坐，被警察拿著棍棒追打，他從人群衝出去護住其中的一位，而那個人就軟綿綿地躺在他的肩膀上，哎，這革命沉重的負荷啊。林桑忽然覺得心中又長起一股沖天的義氣，把他拉拔得強壯而巨大，於是他扶起候選人，拿起擴音筒，一馬當先，衝上街頭。

「台灣的人民，你就要覺醒啊，今啊日，×××博士，台大的教授，就愛來解救你啊！」林桑跨著大步，所有的店家都好奇地探出頭來，街上的行人停下腳步，紛紛圍觀，盛況空前，年輕的大學生七手八腳忙著散發傳單，供不應求，把他們都樂得合不攏嘴，叨叨重複著：「拜託支持！拜託支持！」滿街都是這千年不變的四個字在沉浮著。賣魷魚羹的透過黑壓壓的人頭喊著：「喂，林桑，今啊日哪有時間來遮？啥米時陣作起助選員來啊？」大學生的傳單卻已經一個箭步放到老闆的面前，老闆一手捉著一把滑溜的魷魚，還得騰出另外一隻來和博士握手，呵呵地笑著，「哎喲，這呢少年喔，就去到美國讀到博士啊。」林桑更加得意地放開喉嚨喊：「×××博士，是美國長春藤大學的博士，法律的專家。結果××黨不提名伊，攏愛提名財團金主、黑社會老大，這款黨，無生目珠，只有×××博士，才有辦法入去立法院，消滅黑金的政治，黑金的黨啊！替我們老百姓出一口冤枉氣啊！」

候選人伸出手去，輪番握住街上一波波的人，看不清面孔，握得快要虛脫昏倒，微笑得嘴角快要乾枯撐裂，他很想舔一下唇，忽然回憶起當年在哈佛念書的時候，有一間飄著溫潤香味的小咖啡館，牆上掛滿複製的印象派的畫作，莫內、塞尚、馬奈、雷諾瓦，唯一的音樂是德布西，分裂，恣亂，坐在裡面他常覺得自己一點一點碎裂開來，好像畫上一點一點的綠色藍色黃色白色油彩，而他現在碎裂在夜市數不清的人裡，靈魂悲哀地飛升到混濁的夜空，身體陷在流動的群衆中，不停抖動一雙手。

然而候選夫人卻比他清醒許多，她臉色越來越難看，附在候選人耳朵旁邊說：「什麼長春藤大學？可不可以叫那個開計程車的不要再亂說，你怎麼讓這樣一個人來幫你宣傳？」候選人繼續握手，呆呆地說：「他很熱心嘛。」夫人繼續向大家微笑，壓低聲音：「熱心？你看他嚼檳榔、穿拖鞋，你好不容易建立起來知識分子的形象，都要被他破壞光了。」「妳太多心了，他們老百姓就是這樣的。」「哼，」夫人冷笑一聲，「你看他罵黨罵上癮了，用詞越來越難聽，到時候，」她的聲音壓得更低了，「要是別人去向黨部打小報告，我爸爸做的官再大，也保不住你。」但對著人群的時候，夫人的臉上卻自始至終都保持一貫令人難以置信的笑容。

候選人僵住，臉部先是慘白，後來又逐漸漲紅起來，「你說這什麼話？我自己做的事，自己負責，何須別人來保我？」「哼，」夫人又冷笑一聲，「現在倒會這麼說，那當初沒被提名，幹麼找我爸爸哭哭啼啼？」候選人開始發起抖來，「妳給我住嘴。我跟妳說，這些日子以來，我已經受夠了，受——夠——了。那個開計程車的，罵得一點也沒錯，我就是要他繼續罵下去，罵給大家聽。有什麼不可以？」夫人瞪大眼睛，忘記繼續微笑，也忘記控制音量：「你這個沒用的東西，你還是趁早退選吧。」旁邊助理一看情勢不對，馬上發動人海戰術，用龐大的「拜託支持」聲浪，將候選人夫妻的爭吵淹沒掉。過沒五分鐘，就看見候選夫人衝出人牆，揉著眼睛，邁著一雙肥腿，蹬蹬蹬飛也似走了，身上掛著的紅綵帶撐在一團肉臀上，痛苦地扭擺著。「她是×××的女兒呢。」「難怪。」大學生助理在一旁私語。

然而在前頭衝鋒陷陣的林桑卻什麼也不知道，還拿著擴音筒得意洋洋地開罵：「今脈，台灣就卜變天啊，從此以後，黑黨黑金的時代就卜結束啊，老百姓幸福的日子就卜來啊喔。」候選人躲在助理人牆後面，悄悄地抽身退出，扯下身上繡著斗大姓名的紅帶，靠在路旁一棵瘦小的行道樹上，拿下眼鏡擦著。大學生助理滿臉驚惶地跑過來：「老師，那個開計程車的越說越不像樣了，連反對黨的口號都喊出來了。怎麼辦？」候選人搖搖頭，揮了揮手：「就讓他去說吧。沒關係。別人不會當真的。」他抬起頭，確實看不出台灣像要變天的樣子，頭頂上依然籠罩著一層又一層汙濁惡臭的黑雲。

但如果選上了，幸福的日子會來臨嗎？他想到等一下回家見到老婆該說什麼才好呢？（哎，我也不過想要過過幸福的日子而已，怎麼會這麼困難？）他想到三年前，剛從美國回來，以一介平民娶她的風光，眼眶不禁又紅起來。回憶不到兩秒，助理竟又帶著一個仰慕他已久的選民闖過來，他恍惚地嘿嘿笑著，握著選民的手，好像結婚那天送客的情景，只是身邊的夫人卻變成綁著馬尾巴的女學生助理。而陷在街中人海的林桑，已經站到一把商家提供的椅子上了，陶醉在擴音筒的噪音當中，好像正在進行一場跳樓大拍賣，他遠遠看見候選夫人在街的另一頭攔計程車，這個女人的身材倒與彩雲有幾分神似。只是彩雲沒有她命好，長年的腳痛不知能不能治好？醫藥費要花多少？平常開的這台福特全壘打，已經有十年歷史了，也該報銷。還有阿成不知跑去哪裡混了？如果有錢，就可以把他送出國去念大學，說不定將來也能當上立委候選人。

林桑一甩頭，把這些煩人的事都拋到腦後，又繼續振奮起精神，扯開喉嚨大喊：「大家愛知影，我們的命運，就是在我們家己的手頭，是我們家己在作主啊。不倘放忘記啊！」然而底下是滾滾的黑色人潮，沒有眼睛的，只有一張張嘴，在竊竊地笑著。

布娃娃之夢

不知何時，夾娃娃機開始在街頭蔓衍繁殖，不分晝夜發出悠揚若笛的電子樂聲，如大海中女妖的聲唱攝引孤寂的水手，純潔可愛的布娃娃招致了少年青年甚而中年男子前來，投下大量晶亮的銅幣，全城一併籠罩在娃娃熱的恐慌當中。

首先主婦紛起抗議。因爲家中被丈夫夾回來的布娃娃所淹沒，牆上鏡上門上車上處處懸掛一只只鼓著圓腹的玩偶，一走過去便互相撃撞出啾啾的聲響，其中包括有正走紅於日本的豆豆龍，銷售量保持冠軍的長頸鹿、沙皮狗，甚至不幸夾到的是粗製濫造的赤紅小白兔或聖誕老公公，但丈夫對此卻一律視爲珍寶，閒暇時把玩一番，狀極滿足。主婦習於丈夫平素的粗魯，一旦見丈夫又手提數大袋布娃娃歡天喜地從外面歸來，彷彿正在牙牙學語的幼女時，她們面對日益天眞爛漫的丈夫，不禁感到莫名的恐懼和陌生，顯然是無法承受這倒錯了性別與年紀的混亂世界。

其次敏感的商人訝異消費者這出人意表的特殊喜好之餘，紛紛積極撤換掉原有暴力色情的遊戲，例如釣蝦挫魚烏茲衝鋒槍美女痲將快打旋風，而將店面改裝成溫馨甜蜜的粉紅小屋，明亮的娃娃機在店內一字排開，機器上擺滿笑容可掬的長毛白兔及狗熊等，娃娃是如此巨大使人擔心若掉下來足以把三個大人砸昏。這個社會一時之間突然溢滿祥和的氣氛。

經研究，夾娃娃的樂趣顯然不是在夾取的行爲過程中，因爲機器內擺放的若是其他物品，如香煙，就無法刺激衆人的興趣。但顯然其樂趣也非單純在娃娃的身上獲得，雖近來男人間的新話題就是互相評比誰夾的娃娃可愛，可是除了極少數的例外，男人並不會到禮品店去買一個心愛的娃娃回家作伴，相反的，他會去買一包煙。這是一件看似十分矛盾的事情。

以下所敘述的主角是面目模糊的衆生之一。他在任何一台夾娃娃機前出現的時候，沒有人會多看他一眼。

●

他已過三十歲，單眼皮、髮中分，戴金絲方框眼鏡，在衆人面前能言善道，說笑幾近於無恥和低俗的程度。畢業後順利踏入保險業務行列，績效良好，但不知精力是否已在團體生活中消耗盡，當他獨自一人時，卻鮮少露出笑容，不論是夏天或冬日的氣候中，一貫嚴峻的神色在臉上凍結成霜。

灰撲撲的街景將他的身影壓縮得格外矮小。立春以來，腰圍雖又增加三吋，可走在行道樹下，他傾下右肩提著眞皮公事包的姿態，全身重量失去均衡，彷彿虛虛浮浮走在半空中，落下一片樹葉就能輕易把他擊倒。他微微喘著息，鏡片上蒙起一層溫熱的水氣。

公事包的皮面因疏於保養，已稍呈龜裂的痕跡，像是他早晨起床後，見到浴室鏡中反射出的那張乾枯的臉。爲何台北陰雨綿綿，卻絲毫無滋潤之意呢？他不解。黃昏時厚重的雲墜落下來，他走入密麻人群，撐開一把傘，保護住日漸稀疏的頭皮。

●

近來周遭的一切都在以飛快的速度消褪。可能基於在台北的車陣中生活過久的緣故，雖然車行頗慢，但記憶中大半時光都爲車窗外倒退的景物塡滿，行道樹紅綠燈舊式矮樓穿插堂皇大廈的縫隙中，畫面一幅接一幅延展過去，像是每天走入同一座陰暗的畫廊。

有一回見到地圖，他發現若是嘗試連結上班和下班這兩條因單行道而有所不同的路線，恰好可以合成一完滿的圓，家和公司各霸占住圓周遙相對立的兩點。從此他以為自己是童年時期玩具鐵軌上的電動小火車，不斷地在同一圓周上奔跑，掠過不變的花草樹人，而唯一改變的是童年時的他是主控全局者，現年歲增長，反而淪成遊戲中被操縱者。

他擔憂的是身上電池或將用盡，但終點尚不知落於何處。

●

他努力要使自己看起來年輕些。當業務員首要在充滿自信的神采，而他卻覺自己面容隱透著一點黯淡，且尚在逐漸擴大當中。

深夜沐浴罷坐在鏡前，依書上指示，他用美容匙挖取大量面霜，敷在臉上，再以指端溫柔地推摩開，推出一輪輪乳白色的漣漪，直拓展到額前的髮根。他的臉映在鏡中是一面飄忽的湖泊。

他按照雜誌上男模特兒的特寫，學習如何展露笑容，拉開嘴角，努力露出上排牙齒，睜亮眼，他瞪視鏡中，覺得不太像自己，但不在乎。就好像他每天站立在敦化北路上，看見辦公大樓中吐出成山成海和他一模一樣的人來，將他淹沒，便意識到上帝是採用複製的方法在造人。這樣很好，他安然地想，失去自我的狀況讓他在現實冷漠沉浮，沒有負荷。他已經可以準確預估自己的一生將在上帝的主宰下，嵌入設計好的固定模式裡，十年如一日，無須多慮。

於是他喝咖啡吃午茶，穿銷售全球的名牌服飾，看賣座冠軍的電影，繳貸款買證券買基金，並定期按照旅遊指南出國觀光採購，完全遵循廣告的指引度日。他並積極接受卡內基訓練，研讀《德川家康》，活出自己，但事實上全為了放棄自己而努力。

他有時亦覺醒自己不過是大社會中一只有效運作的工具，受造物者操弄的玩偶。當這種時刻，他會緊閉雙眼躲在棉被中，蜷縮起來，像是一朵枯萎發黑的黃菊。

●

但命運是不可測知的。造物者有時也會頑皮地將手鬆開，以旁觀者的姿態欣賞人在失控的情況下狼狽掙扎，卻終究還是要疲憊地向祂投降，就好比是在去年冬末時節，街上滿溢著歲時終結的蕭瑟氣息。事情正是從一台夾娃娃機開始。

那時他手插入口袋，縮著頸，準備冬眠，而遇見那個尚在就讀高三，學號是九〇三五七，腋下夾著扁扁書包的蒼白男孩。他才知道，日子並非沒有改易的可能性，因為體內那已宣告將要死亡的生命，忽正在不可遏止地緩緩抬起頭來。

和平常的日子一般，深夜十二點，他從家附近的戲院看完電影，沿著騎樓慢慢踱往家的方向。那是一部典型的香港鬧劇，看畢異樣輕鬆，經街頭的冷風一吹，剛才九十分鐘的畫面即刻消失無蹤，不會在心頭沉為重擔。看電影主要在使人疲倦易於入眠，故他在幽暗的騎樓中間跨出腳步，拖鞋唰唰地磨擦地面，像海浪的聲音悠緩，一潮一潮，他打了個呵欠，安於自己朦朧的睡意。這個寂靜的夜不寒不躁，周遭的黑暗重重環裹如陰溼厚重的土壤，他是沉睡其中不會發芽的種子。

然後他看見了那男孩。男孩只是普通的高中生，短短茶褐色的髮微鬈，青嫩的面容，由側面看來瘦如薄板的身子，站在騎樓盡頭的電動玩具店門口，面對著夾娃娃機。他的雙臂高舉，攀抓住機器的頂端，準備伺機搖晃好夾起娃娃。遊樂場鮮艷的霓虹在他的身旁流動交織成閃爍的光河。夾娃娃機明亮的白光打在男孩的臉上，彷彿穿射過他蒼白的肌膚，不知爲什麼，在那一剎那，他以爲男孩是透明的冰所雕鑿而成，不由自主地便感覺到徹骨的寒冷。

男孩整個人俯趴在夾娃娃機上，手長腳長，如一隻在玻璃上行走的纖細蜘蛛。但當鐵爪緩緩降落在目標點，雙爪張開將觸及娃娃時，男孩突然抓緊機器猛烈地震動起來，細瘦的身軀不知由何處爆湧出搖天撼地之力，龐大的機器在他身體前後快速搖晃，一種類似性交的姿勢下，顯得非常渺小而且無力，隆隆地激烈顫抖著，發出恐懼的哆嗦。鐵夾夾住娃娃的頸部，男孩馬上準確地停止晃動，娃娃夾升至半空，向洞口移去，鬆開，娃娃滑入圓形洞中，男孩的臉上盪出一抹微笑。

現今再回想起過往，雖然愛情是在不自覺的狀態下被猛然撞擊萌芽，但依舊可仔細搜尋出些許蛛絲馬跡，顯示初發端的時刻，是何種情境勾引出心底不可言說的感應。細思索，發覺正是可推溯到男孩臉上現出微笑的這一霎開始。雖然布偶滑落洞內和男孩展露微笑這兩重動作大約一秒內就已完成，但對他而言，這一秒所走過的時間比過往任何年月都要更加深刻漫長。平素在辦公大樓裡出入作息，都是淺淺掠過生活表層，偶爾刮起一小片風塵，亦是瞬息即止。但此刻他目視娃娃咚地滑落，男孩原本凝凍的削薄雙唇，忽裂開擴大成彎弧，一時盎然生氣滿溢出來，就像是在觀看一朵春花盛開，由靜到動，到凋萎於男孩唇邊完全隱去爲止的過程，一秒內興與衰俱濃縮在男孩身上。他靜靜駐足在男孩身邊，心中點滴泛出難以言喻的溫意和微微的生機。

男孩彎腰拾起娃娃，塞入深藍色的尼龍夾克口袋，回過身，他終可趁機仔細打量，男孩約一百七十公分高，極削瘦，沒有血色的面頰隨顴骨的弧度凹陷下，棕色的眼瞳帶著股茫然的神氣，睫毛特別長而密，發出類似絲絨的光澤，右腋下則夾草綠色乾癟如布的書包。男孩隨意望望對面漆黑成一片的公寓樓房，便轉身走入電玩店中，沒入一群與他年齡相仿，著相同制服的少年裡。

他呆立半晌，便學少年的姿態，向前俯趴在夾娃娃機的透明玻璃帷幕上，那一刻，他忽然覺得自己的靈魂跳脫身軀的綑綁，噗地投入娃娃塞滿棉花的滾圓腹內，那種感覺難以言喻，喉頭彷彿哽塞著東西，手腳木然暴露在青白的燈光下，他瞪視著娃娃，就如同瞪視著自己，瞇成兩條線的眼，彎成V字型的嘴，快樂變得非常無力和疲倦。

他在口袋中摸出十元硬幣，投下，聽見咚的一聲，他遲疑按下按鈕，鐵夾隨突變急促的音樂滑動，他慌忙收回手，再輕按一下，鐵夾向前移了三公分的距離，停在一只長著大耳朵的圓形娃娃上，也不知是何種動物，總之在一團雪白的毛茸中露出雙無辜微笑的眼。夾子向下探去，在觸摸到娃娃的一刻，冰涼的鐵夾撫過的似乎是他而非娃娃，他不自主抖動了一下。鐵夾撩起娃娃的長耳，但因過於滑溜的緣故，娃娃只稍移動少許，仍舊帶著無辜的笑容躺在機器內。青白色的日光燈持續在頭頂上燃燒，他看著那只因移動而底部朝上的娃娃，悲傷難堪，似乎被狼狽遺棄其中的是他自己。

他想要救它出來，就好像剝掉籠罩身上重重的軀殼，去搜索小小的無力的自己。它使他幾乎要去捉住了某些已迷失許久，逐漸朦朧的東西，在捕捉的過程中，經驗到掌握存在的快感，同時亦是一種美感。

●

第二天晚上十二點，他趿著拖鞋，掩上家門，門縫中洩出客廳尚還燃亮的暈黃燈光，電視裡一男一女尖銳的爭吵聲仍在持續，他轉身走下公寓樓梯，舉動像是準備去巷口的便利商店，出來時手中握著一份晚報，但並沒有閱讀的打算，他隨手扭轉著報紙成細長螺旋狀，一面向左邊轉去，看見那家電動玩具店五彩的燈光在夜中閃耀。那男孩正站立在夾娃娃機前，他心頭一緊，彷彿祕密被人揭穿般全身發熱起來。

他走過去站在男孩身邊。

男孩以完美的技巧搖晃機器，讓鐵夾以準確的角度夾住娃娃，同時間他在男孩隔壁的娃娃機前卻頻頻失敗。他放棄再試，轉過頭注視男孩凝神的側面，一隻骨節凸出的手霸道地橫架在他的面前，他忽覺非常軟弱，並不想離開男孩的身邊，也不感到興奮或喜悅，這種依戀的情緒顯露歷盡滄桑的老態，他只是疲憊地呆站在一旁。

爾後他走回家，有一種痲木的感覺，心裡空蕩得厲害，爲什麼男孩夾起娃娃時他不爲其鼓掌喝采呢？回想男孩竟能輕而易舉地擺弄這些玩偶時，他有些恐懼，但這種恐懼是微妙難言的，帶著些許心悸的成分，這男孩已成爲了他的主宰。男孩家中必已藏有千百隻夾回去的布娃娃吧。他全身喪失重量，以爲千百個自己都在男孩的掌握中，在一個陌生的地方。

●

偶然機會下，他發現男孩每天早晨七點十分左右必定騎機車呼嘯過他的窗口。青春與生命，有一次他目送男孩飛馳的背影，後座的女學生藍色短裙飛鼓如蝶，他心底不由自主默念出這幾個字。想到他高三那年同死黨在濱海公路上飆車，心底彼時正暗戀大木的女友小梅，沿路他直緊追隨著大木的車後，看小梅俯在大木的身上，姿勢一如現在穿著藍短裙的女孩。

那夜他飛速有股撞向大木的機車同歸於盡的衝動，他的眼淚咚咚被迎面撲來的寒風逼落打下如冰雹。整晚他故意遠離死黨群，獨自站立在偏遠的礁石上，對海狂吼，夜深看不見浪潮翻湧，只能憑感覺，直到如今他還可以清晰記憶起那種與海貼近時鹹腥溼冷的呼吸。

但這段浪漫得近乎愚蠢的回憶刪節去大部分的事件。包括出遊後不到一個星期，他便與後座的娟娟深陷情網，而同時卻又不能忘情於小梅，那年小梅輪流成爲死黨們的女友，可惜尙來不及輪到他的身上，大家就已高唱驪歌四散紛飛。

以三十的年紀，再去思想那些業已面目模糊的老友是感傷而寂寞的。可是回憶歸回憶，若令他再重走年少一遭，他必定會斷然拒絕，因爲人生只適合擺在遠距離去咀嚼，像看一幅畫聽一首歌，現實的快樂總伴隨惶惶不安的意味，只有一旦成爲過去，才能透過記憶去蕪存菁，然後將美好的成分密封釀起。記憶其實是一種逃離現實去築夢的功夫。

所謂架設一段距離去咀嚼人生，就如同他現在目視男孩與女孩疾逝的背影，並不感覺到絲毫嫉妒之意，只是一貫坐到桌前，像平日般記錄下看到男孩的情景，筆法似拍攝電影捕捉畫面。從窗口照射進來的陽光漸漸地爬移到他的肘邊。就連坐在辦公室，他也可透過玻璃窗看見屋外白亮的陽光，即聯想到每日坐在窗邊桌前的自己，振筆疾書。如是想時以為自己又悄悄飛過重重樓房，回到那張溫暖的桌上，俯著身，而此刻坐在冷氣辦公房中的則是一與他無關的男子。他在白晝時常默默享受靈魂出殼返家的樂趣，不論是處於台北的車陣或人潮之中，都可以冥想著一個活生生的自己正坐在窗邊桌前，周遭緩緩流動的是溫馨且乾燥的空氣。飛越現實的冥想如同閱讀童話，帶予他奇異的滿足感。

當然他非一味消極沉靜，也曾數度強烈產生要與男孩交談的衝動，尤其是當兩人一併站立在夾娃娃機前，大可自然地聊起來，為此他設想過不下二十種話題，諸如「你住附近嗎？我常看見你……」「你技術眞好，有什麼訣竅……」，可是多年來職業訓練的結果，使他所有的談話都不禁機械化地指向保險，唯一目的在拿出公事包裡的保險契約，使對方心甘情願地俯首簽字。他發現自己雖一天至少耗費十小時的時間在說話，卻原來已經喪失了與人溝通內心的能力。

於是他只好如同迷路的孩子般，夜深時在男孩及其夥伴的周遭徘徊。男孩手提一大袋夾來的娃娃，坐在停放遊樂場門口的機車上呑吐濃煙，細瘦的腳一抖一抖，寬大的褲管擺動如浪，一群人時而爆出吆喝狂笑。他躲藏在眼鏡片後窺視男孩的一舉一動，在這樣窺視當中，他覺得自己似乎萎縮下去成爲米粒樣大小。

當一個人拒絕將內在感情付諸外在實踐時，代表成熟理智或是衰老無能呢？他問自己。然後在日記本上寫道：不論愛或不愛，我畢竟被時光給逼老了。

●

學期將近尾聲，時已至夏，他開車經過家附近的馬路，正遇一起車禍。騎機車的男學生與汽車相撞，當場車毀人亡。一只墨綠色的書包沾滿血跡，如一面柔軟的旗幟平攤在柏油路面上，書包裡的香煙打火機漫畫書灑落一地。男學生的屍首上蓋著白布，一群路人蜜蜂般地比手畫腳，救護車頂上的紅燈尙還瘋了似旋轉著，整條馬路車行的速度因而緩慢下來。

他坐在駕駛座上，古龍水的香味被冷氣播送著在車殼內竄奔，他偏過頭望向窗外，那些慌亂得有些興奮的人群鬧哄哄組成一幅無聲無息的畫面。他從人群密麻站立如叢林的縫隙中，看見男學生一隻腳從白布底下露出來，單著一只布鞋，左腳的鞋掉落，只餘白襪，可以看出腳板優美矯健的弧度，這是一雙沒有了生命的腳。

他繼續踩油門前進，離人群愈來愈遠，心中突然湧現一種奇怪的牽扯，這不會是那個男孩吧？他僵硬地握著方向盤，覺得整台車都脫離了他的控制。

他繞了一大圈，在車陣中堵塞了許久，才又回到發生車禍的馬路上。但這次警察發揮了難得一見的效率，早已將現場處理一乾二淨，只剩餘一個用粉筆勾勒出來的人形，孤單伏在天色漸暗的路面上。

晚上他照慣例到遊樂場去，沒見到男孩，卻見到男孩的夥伴們嘻嘻哈哈在門口笑鬧，並不像剛發生任何悲傷的事。娃娃機裡的娃娃依然帶著快樂得有些無力的笑容躺著坐著，他並沒有發現有誰的技術同男孩一樣好。他有些寂寞，他想那些娃娃可能也同他一樣。

●

男孩果眞沒有再出現。這有很多可能，因爲正値學校期末考，考試結束男孩畢業，或許就被徵召入伍服役，也或許已踏入社會工作，生活型態改變。總之遊樂場再不見他們的蹤影，起而盤踞的是另一群專三學生。但是，當然也有可能是男孩眞的死了。

死了，在生命的顚峰，或許是一件美好的事情，尤其是在高速飛馳的情境中，撞擊出生命最後盛開的火花，男孩一定把握住了死亡的愉悅。但這全是他自己的猜測，因爲沒有勇氣嘗試，只能幻想羨慕，人生到此，等候總多過去捕捉。男孩只是同一縷輕煙在夏日炙陽下蒸散無蹤了，他趴在早晨的窗口憑弔，陽光烘暖四肢，然後他坐到窗前，輕輕往臉上拍上化妝水收斂肌膚，想人類其實並沒有男女的分別，只有年輕的狂肆和年老的收斂，這兩種成分一併存在於人體內，但隨著個人的年齡或心境有所消長，年輕時愛著女人如潭水深沉幽靜，如今愛男孩放縱恣意，其實都為去搜尋某些他自身彷彿失落，神祕難測的事物而努力。

現在他的牆上鏡上門上車上都掛滿大大小小捕捉來的布娃娃，不管美醜一律視若珍寶，決不肯給人，且依舊持續夜深時到夾娃娃機前報到的習慣，否則好像忘了去問候一個至親的人般難安。在夾起娃娃的一瞬，他像男孩一樣露出燦爛微笑，這種快樂，似乎是把自己從機器的禁錮中拯救出來，並非到KTV或電影院裡短暫忘我就能獲得，雖然這方式有些悲哀，但我終於可以掌握住些什麼。他在日記本上寫著，之後擁著一床的布娃娃滿足入夢。

不老

三十二歲那年，他在某個早晨準時被鬧鐘驚醒，睜開眼睛卻突然發現過往的事都已經被他淡忘成一部發黃的舊書，在眼前啪啪地迅速翻過。他屈指算算二十二年來所發生過的大大小小事蹟，就像在公司中結算會計年度的帳，完全想不起來自己和這些事曾經有過什麼關聯。唯一能回憶起的只有一種依稀朦朧的或是苦痛或是甘美的感覺，混雜糾纏，但他現在卻可以非常冷靜地旁觀看待。

他對著浴室的鏡子，連絲感傷的情緒都擠不出來，於是他給了自己一個合理的解釋：我老了。在一夜之間。

老了的感覺像身上破了個大洞，怎麼樣也塡不滿，走起路來涼颼颼的，什麼事都是經歷了就過去，他也不覺得有何遺憾。反正是老了，每個人遲早都是這樣的。

然而不幸的是，就在他從年輕碰地突然變成老年，並且已經怡然地享受體內空蕩的輕盈之際，一通不到三分鐘的電話卻意外扭轉了一切。那通電話改變了他生命的時序。在過去與現在，此地與彼地之間，時空錯亂傾軋，他體認到原來電話是人類最恐怖的發明之一，讓他無所遁形於天地間。於是他做了一個意想不到的決定，這個決定讓他一直到妻子死的那一天，都覺得自己是停留在二十歲的青春年紀，在身體底內深處依然守著一個承諾，蠢蠢地翻攪著，而爲了不失約定，所以竭力未曾老去。

但其實在他拿起電話和放下電話之間，不過是三分鐘的事。可是在七十六歲時的某一天下午，他親自按下了按鈕，焚化掉妻子的棺木時，他還想到了這通電話。面對這樣的結局沒有所謂的對錯判斷，也不覺得快樂或失落，他只想到電話中那女子的聲音，非常清晰鮮明的，數十年來依然嬌嫩年輕。他步出室外，抬頭見到四月的天空中有迅速飛動的雲朵，風刮著衣領，他長吁了一口氣，頭髮一霎時變成花白。

終於可以安心地老去了。那女子的話如魔咒般在他的身上解除效力。這樣輕鬆的心情有一些熟悉，彷彿是又回到四十年前電話鈴聲正欲響起的一刻。

在拿起電話以前，他才剛從機場回來，送走了一個友人之後顯得格外輕鬆。踏入寂靜的屋內，地板上似乎還有友人臨行時倉促的痕跡，以及行李凌亂散落一地的氣味。然而現在什麼都是靜悄悄的，有種經人一掏而空的感覺，他脫掉了皮鞋和襪，赤足踏在米白色的冰涼地磚上，小心翼翼地走向那扇通往臥室的沉褐木門，心中突然覺得友人並未離去，現在正笑嘻嘻地坐在床上，伸開雙臂，等著他走進去時給他一個惡作劇的驚喜。

然而這樣的驚喜並未發生，他推開半掩的房門，門咦地長吟了一聲，散著暗紅被單的床即大剌剌地攤在眼前。這組繪著怒放鳶尾花圖案的床單是友人從美國帶來的禮物，「買這組床單時就在想像著和你躲在這裡面時的模樣。」她俯在他的枕邊吟吟笑著說道，因爲長住美國而四聲不分的口音聽來宛如唱兒歌一般，像是滑稽喜劇的配音。他將頭埋入她的頸項髮際間，不清不楚的咕噥著，然後狠狠地在她古銅色的肩頭咬了一口，似乎如此才能確定她是活生生的眞實人物，而不是那個美國卡通中老咧著大紅唇傻笑的健康女子。

就連今天中午出門之前，她已收拾妥一切，準備離去，卻端坐在床沿，睜著一雙圓眼要求他給予最後一次的溫存，然後便非常理直氣壯地將衣服一件件卸下，整個過程都像是在扮演一場遊戲般，感官興奮刺激，心內卻了然冷靜。他俯身緊擁住赤裸的她，升高的體溫，急促的喘急，黏膩的汗水，這一切都沒有加深他眞實的感覺，他覺得自己是抽離出來，站在梳妝櫃的鏡子中，俯身看床上這兩頭瘋狂交尾的動物。落地窗外有藍得發亮的天空，然而還是空，他愈發加緊身體的動作，心裡很清楚說什麼留下美麗浪漫的回憶都是可笑的衣冠，因爲多年之後是否還會記得對方都成問題。

他審視著緊閉雙目在他身下呻吟的她，揣測她不知怎麼想。但他很懷疑她是否會去思考這類問題，其實就連她在機場告別時所流下的淚水他都懷疑，說愛情說思念都只是言語，說來說去連自己都要欺瞞。但她流的淚是那麼自然，把他孔雀藍的水洗絲衫胸前哭溼了一大塊，搞得他竟也兩眼發酸，直看她頻頻回顧的身影穿過海關，沒入長廊數分鐘之久，才能夠舉步離去。不過這樣的情緒倒是復原得很快，他駕車上高速公路，還未到收費站時就已想著她一定可以當個不錯的演員，擅演瓊瑤戲的那一種，「眞是天眞的孩子。」他暗想著搖頭輕笑，繼而想起她畢竟是吃美國漢堡長大的，就姑且原諒之。他也他想像著此刻的她可能正坐在機艙內補妝，一面偷偷用眼角搜尋機內男子的模樣。他也分不清他們倆究竟誰是比較低等的動物。

窗外疾駛的車燈不斷在夜中的高速公路上流逝。踩著一定速度向前奔去，像是回到美國求學的那段日子，寂寞時就開車出去。偏遠的西部小鎭只有一條高速公路，四十二號，不是往南就是往北，可以開一整天都不必下路，路旁是綿延連天的青短麥苗，陽光，發亮如水鏡的柏油路面，沉默，反覆翻轉的搖滾樂磁帶，好像是什麼都可以丟棄了，只除了皮夾中的簽帳卡之外。他開過收費站時不禁摸了摸襯衫口袋中鼓起的皮夾。

走進臥房的浴室，將襯衫長褲一股腦解下拋在床上，他洗了把臉，考慮今晚是不是約阿麥去Hard Rock Cofé喝一杯，他知道週末那裡的女人都舞得特別瘋狂，他喜歡坐在那裡，看人不知不覺中將冶蕩本性暴露於臉上的模樣。如是想時，電話鈴聲恰好響了起來。一聲、兩聲……該不會是她沒有搭上飛機而打來的求援電話吧。他突然間冒起一股不安，半裸身軀走到床頭拿起了話筒。

「喂？」

「我等了你三年，你爲什麼竟然和別人在一起？」

他愣了一下，直覺是打錯電話，可是這聲音聽起來有一種熟悉，他迅速在記憶中過濾所認識的女子，面孔一張張掀掠，可是腦海是空洞無垠的黑暗，他還是想不起來，決定乾脆直接問她。

「請問你是那一位？」

對方似乎也愣了一下，然後才幽幽嘆一口氣道：「我等了你三年，你竟然忘了我是誰？」

有一種冷冷的感覺沿著話筒爬升到他的手臂，他忽然覺得他必定是認識這個人了，而且不只是認識，還相當熟稔。這個聲音引發他非常深邃的苦痛回憶，在他身內鑿入，一個遙遠的湮埋已久的時光之洞，像是搭乘著光速的列車直墜入到黑暗中，在短短幾秒內數千個念頭在他腦中流轉過。

他困難地喘著氣，面對一個已然陌生不識的熟人不知該如何說起，只能重複道：

「你是……」

「我剛剛在機場見到了你。眞可笑，沒想到我等了你三年，竟然等出這樣的結局。」那女子有點像在自言自語地道。

他忽然想起了這個聲音的主人。是的，三年前，一個因工作而結識的女子，在非常年輕愛笑的青春年紀，那種與生俱來的活潑天性使他無法相信她會癡等三年。這是不可能的。絕對不可能，這只是她的玩笑。他立刻作下結論，僵硬起面部表情，用婉轉的方式客觀表達出他的懷疑。

「怎麼會等三年呢？當初你不是這樣對我說的。」他用冷而平板的語調辯解道。

「可是我是這樣做的啊。」那女子的聲調陡地升高，忽而轉爲哭泣：「三年前我能怎麼說呢？你要安撫你的妻子，我能做什麼？可是這三年來我都沒有放棄，我想你會試著慢慢離開她，總有一天會爲了我……」

「可是……我從來都不知道，我以爲……」他開始有一點眞實的感覺，於是愈來愈軟弱虛乏，腦中卻只想到若是早就知道這個女子的等待又會如何。他已經很久未曾想起過這個人，她的面孔身材好惡，都模糊到近乎一片空白。再去爭辯當初的承諾實在已經喪失意義，因為可怕的是他根本不在乎這個人是否還在等待著，他只想要藉此來劃清彼此的關係，告訴她這些並不是他的錯，是當年她自己的抉擇使然。如今人事早已全非，回顧過去只是一樁無謂的舉動而已。

當年他的確曾執著地戀過她，所以她輕易地介入他的婚姻中。然而短暫的戀情維持不到三個月，在妻子歇斯底里地百般哭鬧下，自殺恐嚇跟蹤，於是一個下著冬雨的夜晚她毅然離開，堅決而冷漠地只在大理石几上留了張紙條：「或許再過幾年事情平靜之後，我們才有可能有結果吧。」後來他在朋友的聚會上見到了她，她依然活潑而更增艷麗，紅色短禮服的身影輕快地穿梭會場，唯獨對他淡然得很，淡然到他們之間簡直什麼都不是。他發狠大醉了一場，「這是不公平的，我竟一個人在這裡痛苦許久。」他心裡反覆默想，承認自己確實恨她，然後下定決心忘了這段不堪的過去。

當天午夜他回到家，半年來首度爆發衝動去擁吻妻子，兩人就在床上激烈地狂歡直到凌晨，天剛破曉他才敞開疲憊的四肢入睡，解脫的快感滿溢全身上下。再過了半年之後，他又陷入到另一段戀情之中，對方也知悉先前的那名女子，有時候他們還會拿出這段歷史來調侃，笑鬧間他自己屈指算算也不禁覺得驚異，「原來這才是不到半年以前的事哪！」可是敘述起來卻好像是在前輩子般陌生漠然，想不通當初怎麼會有生死不渝的捨命衝動。不過很快的，這段戀情也隱退下去，變成歷史中的一格，與原先其他的故事並列藏起，束之高樓，多年來只蒙了層乾燥的灰，遮蓋住原先的面目，就變得更加難以清晰辨識。

一直輾轉到如今，他的妻子也習之而疲怠了，所以藉口因爲工作之故，妻子搬到城的另一個角落，一間靠著山與海交界處的單身公寓。他偶爾還是去，對妻子發發工作上的牢騷，討論手中的股票應該如何運作，在金錢上他還是比較能信任妻子的。然後還不忘順便偵察屋內有沒有其他男子遺留下來的痕跡。

「哎……」電話中的女子又嘆了一口氣，「對不起，我不應該再來打擾你。只是今天我去機場剛好見到了你，你和一個女子非常親密。然後別人告訴我，原來你已經和你的妻子分開了，可是你從來沒找過我，告訴我。我們之間唯一的阻礙是你的妻子，現在她不在了。你爲什麼不找我？……」

他想起在機場時友人氾濫的淚水，以及她堅持離別時那一個洋化的深長擁吻，他知道側目的人自會不少，可是這反而更激發他想如此表演一番的興味，但沒想到的是她也在場。他感到有些恐懼地顫抖起來，這四周的牆上彷彿都布滿了那女子窺探的眼睛。而此刻面對他的落地窗簾並未拉起，他手執話筒，看到的是窗外昏黃的燈光，街道上流動的車身不斷閃逝，還有的是無邊的黑暗角落。她就在那裡，不論視線是否能及，她總是在這世上的某個角落，分秒活存著注視他。現在電話線的另一頭是她的溫熱呼吸，她一直都活著，而他卻從未感覺到，這個念頭逼得他想把窗簾拉上，電話線割斷，最好全市一同陷入到黑暗中，誰也不能再見到誰，聽到誰呼吸的聲音。然而不過一條電線就讓他無所遁形，他這才發現電話是這個世紀中最恐怖的發明。

「我……我根本不知道妳到哪裡去了，怎麼找妳？……」

「問任何一個朋友，大約都知道啊。難道你就再也沒有我的消息了嗎？」

「是啊！我最近也很少和別人往來了。」他想起自己確實和朋友談論過這個女子，只是用她絕無法想像的輕鬆語氣，說道：「當年怎麼會這麼傻？眞是想不透，太可恥了。」然後朋友會要他爲自己的幼稚無知灌三大杯冰凍啤酒，於是這段往事變成了下酒的小菜，也沒有什麼人再提起這女子的動向，除了嘲笑，鮮少有人還有時間去關心他人的了。

他們一同在線的兩端沉默下來，這時他眞希望友人沒有搭上飛機，會忽然嘰哩呱啦衝進來，打斷他們的談話，可是沒有，周圍安靜得令他呼吸都困難。那女子又開了口：「我等了三年，其實只爲一個答案。當年我們無力去解決。如果你眞的這一輩子都無法離開你的妻子，像當年一樣，我也就死了心了。可是事實是你離開了她……」

「可是，可是我以爲你不願意再見到我了……」他將聲音壓得無奈而微弱。

那女子顯然是被他的語氣感動了，便輕嘆一口氣，道：「你還在恨我嗎？當年是我不好，可是我又能如何？哎！」然後她用異樣溫柔的聲音道：「你今晚有空嗎？我們見個面說清楚好嗎？」

「見面？」他茫然起來。看見她時可以說些什麼呢？說讓我們再作個朋友吧，但是要聲明只是朋友而已，雖然並不排斥偶爾上上床的可能性。或是說讓我們終生廝守，完成當年無法實踐的諾言。但是這都是不可能的，這些話都不可能說出口，他覺得好累，只是沒有勇氣去誠實地大聲對著電話筒說，我早就把妳忘了，不念妳也不恨妳，妳對我而言比一個路人還要陌生，因爲我連想要與妳遊戲一場的勇氣都沒有，妳只不過是一個離世已久的鬼魂而已。

這時電話突然響起插撥的聲音。他道：「我接一個插撥，妳稍等一下。」那女子答應了。他按下鍵，連考慮的時間都沒有就斷然將話筒丟在枕邊，話筒中似乎傳來友人那宛如唱歌的滑稽國語。然後他迅速地披上拋在床上的襯衫，套上長褲，奔到客廳，拖著涼鞋，碰地一聲關上屋門，快步奔跑下樓，門口的警衛以爲他在屋裡關了一隻野獸。

奔跑之間他一直垂著頭，不敢正視周遭，怕會見到那女子守候許久的身影。一直到他發動車子，離開了那幢巨大的華廈，置身於馬路上壅塞的車河時，他都還在劇烈地顫抖著，車中是他濁重如野獸的喘息聲。三年前的往事竟然不斷以片段的畫面回溯到眼前來，像坐在漆黑戲院中觀看無聲的古老電影，黑白的映像一張張如洪水湧來，他與那女子交雜的身影，除此之外都只餘一片茫然的霧，龐大幽暗，盤距在腦中如魔。他試著穩住方向盤，車外的燈是那女子晶亮逼人的眼，他無法抑止地趴在方向盤上痛哭起來。

他忽然間很想死。對面車道的燈光唰地一陣接一陣刺來，他大聲地啜泣著，肩膀上下起伏，一面用手臂抹去臉上的涕淚，這張臉現在卻是非常陌生的了，我是誰！心底浮起一個微小的疑問聲音捉住了他，我是誰？我是誰？到最後他幾乎哽塞窒息。三年前的他現在有蒼白貧血的臉色，空洞的眼在注視著他。他在這一刻方才眞正恨那個女子了。爲什麼要來喚醒這些事情？可恨的是三年來那女子竟然沒有絲毫衰老的跡象，熱情一如當年沒變。而不僅是三年前，此際三十多年來片片段段時時刻刻的他忽然都活了起來，拍拍身上的塵土，帶著陰暗如鬼的模糊面容，走向他，質問道：你還記得我吧？我是你的一部分，我就是你，你怎麼都不認識了？他非常害怕，想否定掉他們，但否定到後來他不知道自己現在還有什麼？現在的自己在下一分鐘也將成了陰暗的鬼魂。他想死。

他想吼。先是低低地發出啊的聲音，然後逐漸將體內的力一點一點激發出來，終於潰堤。他想他一定是瘋了。因爲他竟然將半個車身開到對面的車道上去，尖銳的喇叭聲似乎響了許久才把他驚醒，可是已經太遲，他只感到一股強大的光影迎面撞擊過來，在那一秒，一種突然適意的快樂竟浮現在他的體內，那種快樂像服食巨量嗎啡，飄飄然躺在空中，以至於在日後的歲月都令他十分懷念此刻的感覺，不過卻沒有勇氣再去嘗試一次。然而此刻在夢幻般快樂中的他只想到自己即將死了，什麼過往的一切都可以放下。他遂閉上了眼睛。

他再睜開眼時那種快樂還殘存著，房中飛舞發光的天使。經歷飽睡一場，他感到雙眸如嬰兒清澈，然後看到他的妻子。妻子見他醒來，沒有任何驚喜的表情，只是淡淡地俯身望著他，道：「醒了啊？要不要喝點水？」

他乖巧地點了頭。妻子起身倒了杯水，扶他坐起身。他的下巴裂了一大道傷口，紮滿紗布。他吃力地微張開唇，打上石膏的手捧著茶杯，岌岌可危地，妻子嘆了口氣，把茶杯接過去湊到他的嘴邊餵他，一面埋怨：

「怎麼開的？開到對面車道上去？別人不被你撞死也被你嚇死。還好對方沒事。公司我已經幫你請假了。保險公司也聯絡妥了，說是意外人家也不知道信不信，說不定還以為你蓄意自殺……」

妻子一開口就叨叨地念了一長串，他安靜地聽著，微溫的陽光灑落在妻子的髮梢、眼角，以前從未發現妻子的臉上有這麼多細小的皺紋，像一張張喃喃的口。妻也是老了，但是她還是坐在這裡，觸手可及。他又回到二十歲那年人生尚是一片空白的心情，什麼事都未曾發生過，生活就是懶懶地坐在午後蟬噪的校園，綁著馬尾巴年輕的妻倚著他，捧著本古老的中國通史有一句沒一句的地念著。

妻子突然停止數落他，臉紅了起來，大約發現他們已經不是如此親近，所以這樣的責備似乎超過她的權限。她別過臉去，說：

「你先休息。我出去買點東西給你吃。」

他馬上慌張地撐起身子，拉住妻子的手，叫道：

「你別走，我怕……」

妻子覺得有些荒唐，隨即吃吃地笑道：

「怕什麼?大白天的……」

但她看到他一臉惶恐的認眞表情，遂又回轉身來，笑著坐上床沿：

「好，我不走。你乖乖閉上眼再睡一會兒。」

他順從地闔緊雙眼。妻子溫柔地撫摸他額前微微汗溼的短髮，那天下午的陽光有如牛奶般溫潤芳香的氣味。

從此以後他變成了一個標準的丈夫。

雖然他仍舊不洗衣不洗碗，偶爾還是會不洗澡就爬上床，跟妻子出去逛街時，要找藉口溜掉跑去打電動玩具，但妻子卻已經感到很滿足，雖然她沒有親口說過。一直到妻子臨死的一刻，他們的生活規律到數十年如一日，完全感覺不到歲月遷移的痕跡，在人生中最大的變化莫過於找到一家新開的餐廳，夫妻倆相對坐下來飽食一頓。在妻子死的那一天，他們還開了一個半小時的車去一間坐落在山頂的牛排館吃晚餐，窗外就是閃爍迷離的夜景。

「這牛小排太過油膩，我看你的沙朗肉質倒還不錯。」妻子熟練地切割鐵盤上的肉骨，雙手執刀叉鏗鏘，一面儼然美食家地下著評語。

他還是不知道她在想些什麼，就像他也從來不說什麼一樣。他們好像都還沒有老，時光在這裡定格住，一樣是在雲淡風清的午後校園，一對沒有悲歡離合的男女，恥於將自己底心事透露。但奇怪的是這麼多年來，她都沒有問過他當年爲什麼改變得如此迅速徹底？今天山腳下燈光如星的夜景，他又想到那女子監視窺探的眼睛，就在某一盞燈下。他突下定決心在今晚睡覺前一定要告訴妻子有關那女子的事情。

說出來妻子不知會怎麼想？爲自己的選擇感動哭泣嗎？還是一貫淡然沉默的神色？但決心總是來得太遲。那天晚上一進家門，妻子就忽然昏厥在他的懷中。在救護車奔馳的光影之中，他發現妻子一點一滴地在他的手掌下溜去，他喃喃呼喚著她的名字，但她都沒有任何反應。

我終於把這一生給度過去了。他倚著窗玻璃安然地想。在這一生中，沒有背叛任何人，對不起任何人，更重要的是也沒有對不起青春時候的自己。

多麼漫長的青春，耗盡了他一生的氣力。他頂著一頭花白的髮，在妻子入土之後，撥了那女子後來在答錄機留下的電話號碼。這一次，他非常肯定自己會聽見那女子蒼老得不再堅持的聲音。

月光下的貓

我坐在藤椅中，打開窗戶，正面對著一框濃稠的黑夜，夜風轟地停住流動，靜止成畫布上厚重的油彩。

一隻貓驀然穿破夜色，從院子的矮牆上翻越而過，無聲無息地落在一整排紫色苜蓿花旁，僵住，一動也不動，等待著月光遲遲的到來。牠黑色的身軀溶在黑色的夜中，然後隱去輪廓。

等待著月光以光年為尺度丈量青春，去辨別心靈的姿勢。

兩隻螢火蟲並列著從前方的空中緩緩降落，劃過濕熱凝結的空氣，發出嘶嘶的聲響。降落，落在貓的眼上，嗤地如火炬般霎時點燃，熠熠地跳動光芒。

小螢啊，小螢。我對著貓輕輕地喚，牠的眼裡映出我流動的面容，不要驚走了我的螢火蟲，不要吵醒螢光中我自己沉睡的影子。

媽媽不知道何時已悄悄地來到我的身後。她伸出手，啪地關上我面前的窗戶，然後溫柔地拍拍我的肩，道：小螢，夜已深了，快去睡吧。她並沒有見到窗外的貓，和貓眼中那個晶瑩閃爍的我。

我順從地站起身，躺到床上，拉起棉被，在黑暗中沉默地瞧著房外走道上的燈光斜打進來，在母親離去的背影鑲成一道金邊，我遂調過眼去望向窗外。

隔著窗玻璃，那兩隻螢火蟲又復緩緩飄起，我喚道小螢你們可是要去哪裡，且領我一併前去吧。牠們如同兩朵被催眠的蒲公英，循著春天的軌道悠悠游移，然後向上浮升浮升，終在窗外轟然散發開成千萬縷煙芒，瞬地灑落，瞬地消失，窗外又回歸爲一框原始濃稠的墨黑。

我知道貓必定是隱藏在這夜中的某一角落，牠黑色的毛現與周遭的夜潛流成一片，以守候月光的投射降臨，等到那時我必是可以準確地指出牠的方位。

媽媽在隔壁房裡低低對爸爸道：小螢的病愈來愈嚴重了，剛才她竟然對著窗子叫自己的名字，可是除了自己的名字之外，她什麼也不肯說。媽媽嘆了一口氣。

時鐘在滴滴答答焦急地行走，媽媽已經漸漸不會再為我而哭泣。當我在一歲半那年，冷漠地轉過臉去拒絕喊她媽媽時，她便緊抱著我幼小的身子嚎啕大哭起來，哭得聲音嘶啞。我掙開她的臂膀，爬到窗台上端坐著，一隻麻雀飛來停駐在我小小的肩膀上，我想說為什麼要流這麼多的眼淚呢？保持沉默是我的權利，因為這就是我所表達的語言，可是你們卻不願意嘗試去理解，還反要我懂得你們的焦慮。這是我的生命，但你們只要我成為你們的再現，只要我學習模仿而不要成長，所以該哭泣的人應該是我。可是我絕對不會這般愚昧，人的智慧本有侷限，我不能懂得你，你亦不能了解我，而誰也不應為誰的背叛感到失落傷心。

小螢。妳看著我的眼睛。媽媽用幾近哀求的語調緊摟住我的肩。

我抬頭望向她那雙琥珀色的瞳孔，只見在最深處有一個小小無助的我被囚禁，我急急撇過臉。佇立在一旁的醫師無奈地向媽媽攤攤手，科學至今對自閉的症狀依然是束手無策。

是啊你怎能企望用一堆冰冷的數字和儀器去追索人類靈魂的奧祕，去打開未知的心。我微笑傾聽這幢冰冷的醫院傳來諸多生老病死的聲音，而我的微笑卻只讓媽媽倍加憂慮。

哎，我要如何才能讓妳知道，全世界絕無人同我一般快樂呢，我的母親。妳們以爲一無所知的我，比任何人都還洞悉人生的矛盾與荒謬，愚蠢的人們日日在我身旁喧嘩走過，而我只是以靜觀的姿態看紛擾紅塵，如同觀賞一齣戲，與上帝並肩坐在一起。

所以我應該要如何來對待你們呢？我的父母。是你們給了我生命，那我是否該爲了感恩而扭轉自己以迎合你們？我不得不承認我的自私，我寧可用一整個春日的下午同一株小草對談，也不願張開口來呼喚你們。因爲人世的一切本是無奈的宿命安排，生命與生命間的糾葛輪迴我已厭倦，我非任何人的子女或妻室，我只是我自己，在這場戲中曇花一現爾後凋零。

就好比在今天這個萬物俱寂的深夜，我是那點點草化的螢火蟲飛進無垠的黑暗內，點燃貓看盡九度生死輪迴的眼。

午夜當鐘敲響三下時，母親已停止爲我歎息，墜入了沉沉的睡眠裡。我輕輕地掀開棉被，走下床，佇立在窗前，緩緩地推開這扇禁錮我長達十餘年之久的窗，寒風如海波般嘩地迎面湧來。

黝黑的雲霾中忽有一股皎亮的月光投射而下，四周一霎時熠熠地明耀開，我終於看見了守候在紫色苜蓿花旁的貓，守候著我飛進牠的眼裡，指引牠向重重不可測的生命飛奔。這十餘年的歲月竟只是白白哄了我的父母，一場不知該哭還是笑的騙局，我赤腳踏在花園中冰冷的泥土上，感到自己正逐漸地分裂開來，騰騰上升。

月光下的貓，正安詳地舔著牠的爪。如果你俯身仔細凝視，你就會見到牠眼中有我流動閃爍的面容，而我沉默的眼中有無盡死生輪迴的萬情萬事萬物，不言不語，不滅不息。

年輕的時候

大家都以為他不曾談過戀愛。已經過了四十歲，還是孑然一身。

你知道愛情是什麼嗎？工作狂。朋友正周旋在妻子與情婦的糾葛間，帶著酒瓶來向他訴苦，還不忘了揶揄他一句。

他笑著，灌了一大口酒，道：你不懂，你這算什麼，我二十五歲那年，差點為了一個女孩去死，你能嗎？你知道個屁。

每次喝醉酒，他就吐出這段往事，朋友全聽過，可是當時大家都醉醺醺的，清醒之後，他又成了大家公認無情的人。

別人醒了會忘記，他不會，W的身影愈刻愈深。每喝醉一次，這段陳年往事就愈加轟轟烈烈。日子一久，他也分不清哪些是眞實發生過，哪些又是出於他的幻想。

他看著朋友痛苦掙扎，愈發得意自己這段淒美的回憶。你們有誰眞正懂得愛情，他醺醺然地想，自己也不能相信曾如此年輕。

尤其是與W最後的一次見面。W站在冬天蕭瑟的寒風中，紅著眼，顫抖道：求你，帶我走，我有你的孩子。W拉住他，仰著頭。

他沒有抱她，只是冷冷道：理智一點，拿掉他，我們不可能有結果的。

他狠下心腸送她回家。W的父母反對他，經過幾番累人的掙扎，他知道人生還有更要緊的東西，尤其是在年輕的時候，他放棄了W。

他和W坐在計程車中。W偏過頭去望著窗外。他客氣的道，妳沒事吧。

W回過頭來，睜著一雙純潔的眼，眼中濛著一層晶瑩的水霧，她搖頭，淚珠如碎鑽般沿著臉龐滾落下來。她又轉過頭去。

其實他很想伸出手去拭掉它。那淚彷彿滴在他僵硬的心上，他端正的坐著，動也不動，怕自己鋼鐵一般的意志就要融化。年輕的時候，不要浪費生命在無謂的事情上，他勉勵自己。

回家以後，他病了一星期。他躺在床上不停地做夢，夢見W抱著一個嬰兒，在海中沉浮著，遠遠地只瞧見黑色的髮。夢見W蒼白著臉，幽幽地坐在窗口，他大聲地喊；又夢見W躺在手術枱上，腥紅的血如浪潮湧來，他從夢中驚醒，是我殺死了W，他哀哀地撲在棉被上，不吃不喝。

禁閉了一星期後，他走出房門，在工作上不斷努力奮鬥，爬到了今天的地位，大家以爲他是個冷血的工作狂。

不是沒有再碰到好的女人，只是喪失了熱情。他笑了笑，在工作的閒暇點上了一支煙，瞇起眼，又回到了十八年前，他把W每一個細節都拿來回味，每一個小動作都有深長的興味，他幻想有一天在路上遇到W，W一定是老了，散著乾枯的髮，蠟黃的面頰，幽怨的雙眼，見到他，倉皇不知所措，無言地瞅著他掉淚。也許W把那孩子生下來，母子二人過著淸苦的日子，備受別人歧視。W，別那麼傻，他喃喃地道，妳把我忘了吧。

初春，天氣微寒，他走在紅磚道上，這種熟悉的空氣，是W和他一起走在初春三月裡，W老愛抱著他的右手臂，像隻無尾熊。他不禁微笑起來。他停在一家皮鞋店的門口，忽然，一個身影吸引住他的視線。

是W。

他全身一緊，是W，他趴在玻璃上，是W，正帶著個十五、六歲的男孩在買鞋。十八年前的事一剎時全湧來。

男孩在試穿鞋，W一抬頭，恰與他的目光相遇。W皺皺眉，盯著他，不知說句什麼。他不由自主地推門進去。

妳好，他道，那聲音簡直不像他發出來的。

你好，她笑笑。W變得豐腴了，多了分成熟的艷麗，耳墜子在蓬鬆的鬈髮間閃閃發亮。

他很失望，嫉妒她的豐腴。他想喚起W痛苦的記憶。

這是妳的孩子？他深深望著W。

是的，W點頭，我結婚已經十七年了。

如果那個孩子還活著，也該這麼大了。他輕道。

孩子？什麼孩子？W不解地問。

妳忘了？他耐心地解釋，妳告訴我的，我們的……

W思索了一下，哦！你說那次，W微笑道，對不起，我是騙你的。

騙我？他不能相信。

眞的很抱歉，那時太年輕，只是生氣你的無情，所以撒了個幼稚的謊，都那麼久，我也忘了，希望你別介意。W道。

怎麼會？不會，他僵著笑臉呵呵道：我早知你是騙我的，怎會介意？愛情本來就是件騙人的東西。

滿臉青春痘的孩子跑過來拉W，媽，我要這雙鞋。男孩狐疑地看了他一眼。他道：那我先走了，以後再聯絡。

W笑，點頭，和年輕時一樣的純潔。

他走出鞋店，走下紅磚道，穿過紅綠燈，疾步地走著，走到他的車旁，鑽進駕駛座，發動了車子。

十八年前，他捧著頭，埋在駕駛盤上，錐心的痛。天悄悄的黑了，他扭開燈，抬頭看見後照鏡中的自己。

我老了，他想。

尋找一隻狗

夏日的午時，我在沙漠邊緣的小鎮市集上見到了他。

他就坐在街道轉角的布棚底下，棚子的陰影籠罩著他，他緩緩地轉過頭來，見到我，面容與五年前初相識時一模一樣，沒有絲毫的蒼老。我一驚，手中的籐籃掉落在地上，鮮紅的蘋果叮叮咚咚沿著街道滾開來成輻射狀，一束瑪格麗特落在我的足邊，我是那樣地吃驚，以爲二十歲那年的夏季又要重新到來。

二十歲那年我跳脫正常的生活軌道，在諸多親友嚴厲的指責之下，投入他的懷中。整個夏季我和他窩在三坪大的房內，單薄的木板隔牆聳立在四周，輕輕地一撞整個房間都會搖晃，我們就住在搖晃的海波之上，莫札特和貝多芬的音樂夜以繼日地從老舊的錄音機中傾洩出來，伴隨沙啞的磁頭運轉聲，在這方切割成長方形的狹小空間裡跳躍迴旋。我和他蜷縮在木板床的草蓆上，枕著四處堆疊的書入睡。他閉上眼喃喃地道：啊所謂眞理我業已疲倦。且在陽台上種了一整排牽牛花，支蔓開來，他說如同我及腰紮成黑辮的長髮，告訴我牽牛花的故事，告訴我世上並無眞理但牽牛花是他，我的長髮也是他。

那種昏眩的感覺如同吸食了過量的嗎啡，先是沉沉的興奮著，繼之以不安、焦躁和疲憊。終於在十個月零十天之後，我在極端不穩定的情緒下將一只花瓶摔向牆壁，他沒有生氣，只是靜靜地對我說：

不要這樣，亞亞，妳從來不曾想清楚妳要的是什麼。

我開始懷念起在家中抽屜裡躺著的那串珍珠項鍊，我戴上它在宴會裡翩翩起舞，所有的女人都會因而失色。於是我剪掉及腰的長髮，露出一雙久未見陽光的蒼白耳朵，拿起皮箱，告別那燠熱的居室。當公寓的鐵門在我身後砰地闔起，我深吸了一口傍晚暮深的氣息，回過身，抬頭看見他佇立在窗前凝成一座雕像，窗簷上懸著一盆枯萎凋黃的綠之鈴，點點滴滴無力地垂落著，在那一刻，我不得不承認確實感到心痛得再也無法舉步走開。

走吧，亞亞，現實總是勝利的一方。一個靜謐的微笑浮在他蒼白瘦削的臉上。

直到如今已過了四年的時光了，我的頭髮卻一直沒有留長，我的耳朵老是露在外面吹著風，冬天一來就要著涼。去年我在大家欣羨的目光下和一位男子步入結婚禮堂，他不抽煙不嗜酒，穿西裝打領帶每天按時上下班。每個人都預言了我一生的幸福，連母親也甚至比我還要歡喜，她摟住裹在白紗中的我，眼中溢滿欣喜的淚珠。

亞亞，妳一定會很快樂的。

快樂嗎？我有些茫然，我的先生側過臉來投給我一個溫呑的微笑。

婚後因爲工作的關係，我們飛到這個沙漠邊緣的小鎭上定居。每天上午我會穿著乾淨的棉布衫，潔白的蕾絲紗裙，手臂上掛著籐籃，在溫煦的陽光中朝市集的方向走去。空氣是乾燥的，連我的心也是乾燥的，像一塊刨得光亮的木頭，沒有重量，我輕鬆地大步走著。市集右手邊的第三個攤位主人是位叫做印加的女孩，她坐在小板凳上，面前擺著個大竹簍，竹簍中插滿了簇簇鮮花。她一看見我，黝黑的圓臉便從怒放的黃金向日葵中探出來，對我微笑著招呼，像個花間的精靈。我便彎下腰來在竹簍中撿出五支淡紫色的鬱金香，拿回去插在我窗台的玻璃瓶中，它們總是會教我忘記了現在是在沙漠裡，打開窗面對的就是一片遼闊無垠的乾渴黃沙。我伏在窗台上，白紗窗簾飄啊飄地拂過我的肩膀，我就會以爲將要下雨，黃沙底下藏著千萬株待開的花朵，到處都有它們驚蟄呼吸的聲音。

但是雨季終於未曾來臨。我來到這個沙漠已經一年，卻還是只能走到市集中，走到印加的面前道：嗨！印加！請給我一叢帶著露珠的鮮花。然後拿回家去插在窗台上，夢想窗外就是雨後的花園，天空是彩虹的顏色。

今天印加遞給我的是一束嬌羞的瑪格麗特。我隨市集鬧哄哄的人群任意流動，瑪格麗特就躺在我的籐籃中，空氣中瀰漫著麵粉煎餅的香味，我向美麗的吉卜賽女孩買了一對象牙手鐲，掛在腕上來回清脆地撞擊著，接著在紅紅綠綠的蔬果攤上挑了八顆晶亮的蘋果，並且將其中的一顆送給了坐在路中心啼哭的孩子，然後我在街道轉角處看見了他，布棚的陰影籠罩在他的身上。

我一驚，手中的籐籃掉落在地上，鮮紅的蘋果叮叮咚咚沿著街道滾開來成幅射狀，一束瑪格麗特落在我的足邊，我是那樣地吃驚，以爲二十歲那年的夏天又要重新到來。

是妳嗎？他眯起眼看著我，沒有半點驚異。

是的，我顫抖著回答。

妳變了很多，我快不認識妳了。

是的，可是你卻和當年一模一樣。

歲月對我而言向來就沒有任何意義，除了我自己，沒有東西能夠改變我的面容，我的姿勢。

是的，你向來就只知道你自己。但你爲什麼要來到這裡？他的眼光穿透過我，投射到一個遙遠不知名的地方。我從北方出發，直到南方，直到沙漠，只是爲了尋找我的一隻狗。

一隻狗？

是啊妳忘了麼？妳最愛帶多鈴在傍晚的街道散步。

那是一隻金黃色的牧羊犬。我初次見到他時他正坐在公園的噴水池旁看書，我走過去周遭的鴿子如雪般突地振翅飛起，羽毛依依飄落下來，多鈴就安靜地伏在他的腳下。雖然我們窮得只能餵牠吃吐司麵包，但在牠奔跑時毛依然金黃得發亮，有如和風拂過秋天滿野的稻麥，暖陽在牠的脊背上踱步婆娑。然而連牠也離開了你嗎？

是啊牠也離開了我。他將手指插入亂糟糟的髮際之中，臉埋入膝間，脣角無奈地牽動了一下。牠也離開了我，就在妳走的一星期之後，接下來的日子我都在尋找牠。也不知過了多久？他又抬起臉問道：妳能告訴我已經過了多久嗎？

四年了。

已經四年了。難怪我最近有一種強烈絕望的感覺，我幾乎以爲牠再也不會回到我的身邊。

爲什麼要去找牠呢？我蹲在他面前，激動地喊：快回到原來的城市去吧！找一份工作，好好做事，再養一隻狗，把牠忘了。

哎我只不過是想知道，牠爲什麼要背棄我而去呢？我一直以爲牠是最了解我的。當妳離開的時候，我不曾挽留，是因爲我知道妳本不屬於我，我告訴妳雨和風的聲音時，妳卻只懂得音樂廳裡的蕭邦和舒伯特，因此妳應該回到妳自己的世界中。然而多鈴不同，牠從一生下來就和我一起，我常以爲我是牠，牠就是我，我們如此相似。但我不懂牠爲什麼也要離開我？難道牠和大家一樣覺得我墮落了，覺得我沉淪了嗎？難道牠也覺得我應該穿起西裝打上領帶，走進冷氣大廈一格格如蜂巢的辦公室嗎？難道牠不知道我只想和牠一樣躺在草地上打滾，只想知道一朵花的名字，只想和一隻蝴蝶跳舞？

哎哎已經四年了我還是覺得相同的疑惑，要怎樣才能了解他的心呢？風是他雲是他海是他帆是他，他一向就在這宇宙間，但我又尋不到他，我突然間流下溫熱的淚來。

別哭別哭，他拍著我的肩膀，我並不強迫妳懂得，妳現在只要乖乖地買菜回家，乖乖地煮一頓可口的晚餐，乖乖地等妳的丈夫回來，生活本來就是如此簡單，吃飯睡覺而已。然後也許在閒暇時穿上妳的禮服戴上鑽石項鍊，去聽一場優雅的音樂盛會，妳不是很快樂的嗎？

說完，他站起身來拍落塵土向沙漠走去。我抱著空蕩蕩的籐籃跌坐在他曾坐過的角落，那裏尙殘餘他微微的體溫。晶亮的蘋果灑了一地，太陽映照下來，在沙石街道上熠熠地發光。一陣狂風忽席捲而來，將黃沙掀至半天高，他的身影頃刻隱沒在沙海中。我忽想奔過去告訴他，一隻狗是不會到沙漠中去的，這片沙漠什麼也沒有，我已經瞪視著它長達一年多，除了沙之外還是沙。

但是，我猶豫地抱住籐籃，黃沙在我面前飛舞、交織，這片沙漠我從未進去過，我對它一無所知。也許，也許在這沙漠的某處藏著一口井，也許他會走到井邊，飲一口甘冽的井水，也許在夜裡他還會見到金髮的小王子，那時滿天的星子都恰如雨般墜落繽紛。

如果妳仔細去傾聽，妳會聽到沙漠底下許許多多生物的呼吸。就好像在蔚藍的海面之下，妳一直向下潛去，深深深深，就會看見美麗的珊瑚礁，有如星斗般繁多的魚群悠游，有渺渺的人魚歌聲。

這是誰在對我說話？是多年前的他嗎？爲什麼我一直都不能懂得。是的是的，請你等等我吧。讓我再度跟隨著你的腳步前去。

我不由自主地站起身，向他風沙中隱約的背影奔去。街中心的孩子仍坐在地上啼哭，一顆蘋果並不能解決他的疑難，滿足他。也許孩子渴望的只是在草地上打個滾，就像一隻狗，但是這個沙漠中的小鎮並沒有柔軟的草坪，狗都伏在沙石街道上，無力地吐舌喘息。

什麼時候雨季才會來臨呢？因爲乾渴的結果，我的黑髮停止生長，我的耳朵老是露在外面，一遇寒風就要著涼。我疾步向他奔去，帶著我即將枯萎的瑪格麗特，我知道這沙漠裡必有一口井，多鈴就在井邊，我們會用甘洌的井水在沙漠中建造一座花園，有一大片如茵的綠地。我的鬱金香不再插入玻璃瓶裡，它的根會深深植入土地，然後繁衍開來，沒有窮盡。

文學的
經典・
永遠的黃
書背

擊壤歌

朱天心◎著

黃金昔時，
空前絕後的青春之歌！

聯合文學

文學的
經典・
永遠的黃
書背

月球姓氏

駱以軍◎著

開啟了台灣下個十年的
家族史寫作浪潮！

聯合文學

文學的經典・永遠的黃書背

安卓珍尼

董啟章◎著

百科全書式風格的開端，
辭典小說的原型！

聯合文學

文學的經典‧永遠的黃書背

冷海情深

夏曼‧藍波安◎著

人類學家也到不了的原民經典！

聯合文學》

聯合文叢 141

洗

作　　者／郝譽翔
發 行 人／張寶琴

總 編 輯／周昭翡
主　　編／蕭仁豪
資深編輯／尹蓓芳
編　　輯／林劭璜
資深美編／戴榮芝
業務部總經理／李文吉
行銷企劃／邱懷慧
發行專員／簡聖峰
財 務 部／趙玉瑩　韋秀英
人事行政組／李懷瑩
版權管理／蕭仁豪

法律顧問／理律法律事務所
陳長文律師、蔣大中律師

出 版 者／聯合文學出版社股份有限公司
地　　址／(110)臺北市基隆路一段 178 號 10 樓
電　　話／(02)27666759 轉 5107
傳　　真／(02)27567914
郵撥帳號／ 17623526 聯合文學出版社股份有限公司
登 記 證／行政院新聞局局版臺業字第 6109 號
網　　址／http://unitas.udngroup.com.tw
E-mail:unitas@udngroup.com.tw

印 刷 廠／沐春行銷創意有限公司
總 經 銷／聯合發行股份有限公司
地　　址／(231)新北市新店區寶橋路235巷6弄6號2樓
電　　話／(02)29178022

出版日期／ 1998 年4 月　初版
2019 年 11 月 二版一刷
定　　價／ 280 元

ISBN 978-986-323-324-4（平裝）

國家圖書館出版品預行編目資料

洗 / 郝譽翔著 .—
二版 . - 臺北市 : 聯合文學 , 2019.11
232 面 ;14.8×21 公分 . --（聯合文叢 ; 141）

978-986-323-324-4（平裝）

863.57 108019639